이
팝

작가의 말

 전라 방언은 어림잡아 오백만 명이 사용하며 이 가운데 전남 방언이 삼백만 명, 전북 방언이 이백만 명이다. 거의 모든 사용자가 광주광역시, 전라남도, 전라북도에 살지만 일자리나 학업과 같은 이유로 수도권과 같이 다른 지방으로 터전을 옮긴 사람도 있으며 그 수가 몇이나 되는지는 정확하게 알려져 있지는 않다. 전라 방언에서는 낱말의 뜻이 소리의 길고 짧음에 따라 달라질 수 있다(이 책에서는 긴 소리를 ':'로 표시하였다). 예를 들어 '말다'는 넓적한 물건을 돌돌 감아 원통형으로 겹치게 한다는 뜻이지만 '말:다'는 어떤 일이나 행동을 하지 않거나 그만둔다는 뜻이다. 그러나 이와 같은 특징은 주로 80대보다 나이가 많은 사용자들에게서 나타나며 나머지 연령층이 쓰는 말은 표준어를 빠르게 닮아가고 있다.
 이 책은 전라 방언 가운데에서도 전라북도 방언으로 옮긴 것이다. 옮긴이가 전북 전주에서 자라면서 배운 말과 임실 및 남원에서 어르신들을 만나며 듣고 배운 말을 생각하며 옮겼다. 전북 방언은 광주, 전남 방언과 비슷하면서도 구별되는 특징을 보여준다. 예를 들어 모음(홀소리) 가운데 단모음이 아홉 개인 것으로 알려진 전남 방언과 달리 전북 방언은 한국어 방언 가운데 가장 많은 단모음 열 개(ㅏ,ㅐ,ㅓ,ㅔ,ㅗ,ㅚ,ㅜ,ㅟ,ㅡ,ㅣ)가 있는 것으로 알려져 있다. 읽는 분들 가운데 이 책이 전북 방언 위주로 담고 있음에도 전라도 방언이라는 제목으로 나온 것에 아쉬움을 느끼는 분들도 있을 것이다. 이 책에 나타난 전북 방언은 전라도에서 쓰이는 말 가운데 하나라는 뜻에서 붙여진 제목으로 너그럽게 헤아려 주기를 바란다.

에린 왕자

난 야:가 지: 벨:에서 떠날라고 철새 떼거리가 가는 걸 써먹었을 거라 생각을 혀:.

앙투안 드 생텍쥐페리 지음

에린 왕자

저:자으 그:림허고 같이

한국말의 전라북도 사:투리로다가 욍김
심재홍

도서출판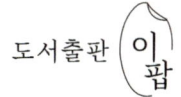

이 글의 초고를 읽고 보태는 데 많:은 도움을 주신 이:승재 선상님(서울대학교 언어학과 명예교수)께 감:사허단 말:씸을 드립니다. 특히 소리가 질:고 짤룬 건 선상님이 아녔음 영: 적덜을 못: 혔을 거란게요.

Made in Pohang, Korea : 포항에서 맹글었구만요.

발행일 2023년 9월 1일 1판 3쇄
지은이 앙투안 드 생텍쥐페리
옮긴이 심재홍
감　수 이승재
발행인 최현애
발행처 도서출판 이팝
주　소 경상북도 포항시 북구 중앙로 298번길 17-1
이메일 ipapbooks@gmail.com

<에린 왕자> 오디오북(ISBN 979-11-971822-5-9)은 소리꾼 임채경이 낭독했으며, 출판문화산업진흥원 올댓오디오북과 네이버 오디오클립, 밀리의 서재, 윌라, 교보, 알라딘, YES24 등에서 감상하실 수 있습니다.

<에린 왕자>에 사용된 원문과 삽화 저작권은 독일 틴텐파스(Tintesfass)출판사에서 관리하며, 국내 저작권 및 판권은 각각 역자인 심재홍과 도서출판 이팝에 있습니다. 저작권법에 의해 본 저작물의 무단전제와 무단복제 및 사전협의 없는 사용을 금합니다.

ISBN 979-11-971822-3-5

레옹 베르트헌티

이 책을 읽는 애:들이 이놈을 어:른 한 사람헌티 바친 걸 이해해 주믄 쓰겄어. 솔:찬히 거시기헌 이유가 있어서 그려. 그게 먼:고 허니, 그 어:른은 내 시:상서 젤:로 친헌 친구여. 이유가 또 있어잉. 그 어:른은 엔간:헌 건 다 이해헌단게, 애:들 책도 말이여. 셋:째 이유는 이거여. 그 어:른은 시방 불란서에 있는디 거그서 멀: 먹도 못: 허고 덜:덜 떨고 있을 거여. 갸:를 쫌 따독여 줘야 쓸 거 아니여. 여즉 말:헌 걸로도 안 되겄음 에릴 적 갸:헌티 바치믄 어쩌겄는가. 어:른들도 다 쪼:깐헐 때가 있었은게로(그거 기억헌 사:람은 벨라 없:지만서도). 근:게 제목을 좀 바꿔야 쓰겄구만.

쪼:깐헐 적
레옹 베르트헌티

1장

여섯 살 먹었을 적에 『자연의 체험담』이라고 원시림에 관한 책으서 겅:장헌 그:림을 하나 봤네. 짐성을 갖다가 막 생킬라고 허는 보아 구렝이 그:림이여. 이게 그걸 베낀 놈이여.

그 책서 그려. "보아 구렝이는 씹지도 않고 먹을 걸 통채로 생켜. 그담엔 움직이덜 못:헌게 그놈을 소화시킬라고 여섯 달을 잔대여."

내가 인자 원시림서 모험헌단 것이 어:떤 건:가 짚게 생각혀 본 거여. 그담:에 색옌필로다가 그:림 몇 장을 그:리 갖고 내 첫 번째 작품을 완성헌 거지. 내 그:림 제1호여. 이릏게 생겼구만.

어:른들헌티 내 작품을 뵈:주고 무섭덜 않은가 물:어봤어.

그런게 뭐:라는지 아:냐. "무섭냐고? 시:상에 모자 갖고 겁낸 사:램도 있간디?"

근디 내가 그:린 건 모자가 아니잖여. 코키리를 생키는 보아 구렝이를 그:린 놈이란 말여. 그런디 어:른들은 알아보덜을 못: 헌게 어뜩혀, 딴 놈을 또 그:렸제. 어:른들이 지대로 알아먹게 이번엔 보아 구렝이란 놈으 속:에를 그:린 거여. 어:른들은 맨:날 멀 설명해 줘야 되아. 내 그:림 제2호는 이려.

이번엔 있잖냐, 어:른들이 속:에 놈이 됐든 배깥 놈이 됐든 보아 구렝이 그:림은 내:싸두고 지리핵이나 역사, 산수, 문법 같은 거나 지:대로 허라드라고. 그래서 내가 여섯 살 먹었을 적에 화:가란 훌:륭헌 직업을 관둬뻐린 거 아녀. 내 그:림 제1호랑 제2호가 션:찮은게 다: 꼴 베기가 싫어진 거여. 어:른들은 혼차는 멀: 절:대 이해허덜 못: 헌게 애:들은 그냥:반들헌티 백:날천날 설명허는 게: 여간 구찮은 게 아녀...

그래 갖고 뱅:기 모:는 일:을 배와서 허기로 헌 거여. 시:상 천지 여그저글 다: 날라 댕겼어. 지리핵, 응 그거, 고놈은 쫌 써먹을 만:허더만. 한 번 척: 보믄 쭝국이랑 아리조나를 알아볼 수 있단게. 한밤 중에 질을 잃어버리믄 이런 게: 도움이 되아.

살믄서 중:헌 냥:반들이랑 솔:찬히 많:이 만나 봤어. 어:른들이랑 부대끼믄서 그 사:람들을 가:차이서 좀 봤:는디 내 생각을 많:이 바꾸덜 못: 혔어.

그려도 좀: 훌:룽해 뵈:는 어:른을 만날 적엔 항:시로 갖고 있던 내 작품 제1호를 뵈:줘 봤:제. 이 냥:반은 멀: 좀: 이해허는 냥:반인가 보고 잪았던 거여. 근디 보여줄 적마다 나헌티 뭐:라는지 아:냐.

"그거 모자구만."

글:믄 그 냥:반헌티는 인자 보아 구렝이나 원시림, 벨:얘:기 같은 건 않는 거여. 그 냥:반들헌티 걍: 맞촤 주야지 별 수 있간. 그 냥:반들헌티는 다리나 골푸, 나랏일, 넥타이 얘:기나 해 주믄 되아. 글:믄 어:른들은 솔:찬히 착실헌 사:람을 알:았다고 겁:나게 좋:아허드란게...

2장

그래서 여섯 해 전에 사하라 사막으서 뱅:기가 떨어져뻐릴 적까정 진짜배기 얘:기 헐 사:람도 없:이 나 혼차 산: 거제. 발동기에 머:가 뿌서졌던 개비여. 기술자도 없:고 승객도 없:은게 나 혼자 그놈을 고치는 겁:나게 심든 일:을 헌 것이여. 나헌티는 죽냐 사냐 그 문제였단게. 일주일 버틸 물뱁에 없:었은게로. 인자 첫날에 사:람 사:는 디서 수:천 리는 떨어진 모래땅 우:에서 잘라고 누운 거여. 바다 복판서 나무 판때기 우:에 떠댕긴 뱃놈보담도 더 외로와. 근:게 자네는 해 뜰 적에 요상시런 쪼매:난 소리가 들릴 적에 내가 을:매나 놀:랬는지 상:상이나 될 것이네. 그 소리가 글드만.

"거: 안 바쁨 저헌티 양: 좀 그:려 주셔요."

"뭣이여?"

"양: 좀 그:려 돌라고요..."

양, 베락 맞은 것 마냥 깜:짝 놀라 갖고 펄:쩍 뛰었구만. 눈을 껍벅거리고 자세:히 봤:어. 그랬드니 인자 요:상시런 쩨깐둥이 하나가 뵈:는디 저:짝에 서서나 날 겁:나게 골똘:허게 구다봐. 이놈이 내가 낭:중에 갸:를 그:린 놈 중에 제:일로다가 잘 된 초상화구만.

근:디 당연히 내 그:림은 진짜에 대:믄 좀 벨로여. 근:디 있잖냐, 그건 내 잘못은 아니다잉. 여섯 살 먹을 적에 어:른들이 내가 화:가가 될란 걸 머:라 그래 싼게나 내가 그담:부텀 보아 배암 배깥이랑 속:으 놈 빼고는 그:림 같은 건 배울라고 생각도 안 혀 본 거 아니여.

인자 나는 깜:짝 놀:랜게 눈이 똥:그래져 갖고 야:를 본 거여. 내가 사:람 사:는 디서 수:천 리 떨어진 디 있단 걸 까먹으믄 안 되아. 근디 야:는 질을 잘못 든 거 같도 않고 대간허거나 굵:거나 목이 타 죽을라 그러는 거 같도 않아 뵈아. 말:허자믄 사:람 사:는 디서 수:천 리 떨어진 사막 복판서 질 잃은 애: 같이는 절대 안 보인다, 그 말이여. 인자 포도:시 갸:헌티 그런 거여.

"근:디 넌 여:서 뭣: 허고 있냐?"

그랬드니 갸:가 나헌티 인자, 보드랍게, 먼 겁:나게 거시기헌 걸 말:허는 양 지: 말:만 또 허는 거여.

"부:탁 좀: 허게요, 양: 좀: 그:려 주셔요..."

사:램이 너무 놀:래믄 싫단 소리 못: 헌다잉. 사:람 산: 곳서 수:천 리 떨어져 갖고 언:제 죽을란가도 모른디 하여튼 봉창에서 종우 한 쟁이랑 만넨필이랑 끄:낸 것이여. 근:디 내가 지리핵이랑 역사, 산수, 문법 같은 놈만 배웠단 게: 생각난게 (쫌 승:질이 나 갖고잉) 갸:헌티는 나는 그:림은 그:리덜 못: 헌다고 혔:어. 그렸더니 갸:가 머:라는고 허니.

이놈이 내가 낭:중에 갸:를 그린 놈 중에 제:일로다 잘 된 초상화구만.

"전: 갠찮애요. 양: 한 놈만 그:려 주셔요."
 근:디 난 양:은 한 번도 그:려 보덜 않았단 말이여. 그래서 내가 그:릴 줄 아는 그:림 중에 한 놈, 근:게 속:으가 안 뵈:는 보아 배암을 그:려 줬어. 그랜:디 인자 야:가 나헌티 허는 말:을 듣고는 깜:짝 놀:랜 거여.
 "아:녀! 아:녀! 보아 배암 속으 코키리 말고요. 보아란 놈은 너무 위험허고 코키리란 놈은 너무 크잖애요. 우리 집은 겁:나게 쪼깐허단게요. 난 양:이 있어야 헌:게 양: 좀 그:려 줘: 봐요."
 그러니 어:뜩혀, 한 놈 그:려 줬지 머.
 이릏:게 보드만 야:가 그려.
 "아:녀. 이놈은 벌써 솔:찬히 아프구만요. 딴: 놈으로다 좀 그:려 주게요."
 딴: 걸 또 그:려 줬어.
 이 친구가 인자는 으젓:허게 씩: 웃는 거여.
 "여 좀 봐: 바요. 이놈은 양:이 아니고 숩양이잖애요. 뿔따구가 달렸구만."

 그런:게 또 한 놈을 그:려 줬어.
 근:디 먼젓 놈들 같이 싫디야.
 "이놈은 너무 늙었잖여요. 우리 양:은 오래 살:아야 쓴단게요."
 인자는 나도 발동기란 놈을 끄:내야 되야서 참:덜 못: 허겄드만. 그래 갖고 이놈을 그:려 줬어.
 그:려준 댐:에 설명 히: 준 거여.

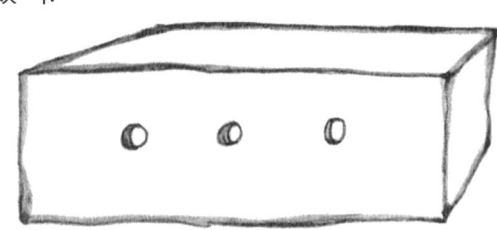

"이놈은 종이깍이여. 이 안:에 니 양:이 있어."
근디 인자 신통허게 우리 쩨:깐헌 십장님 낯빛이 밝아지는 거여.
"이놈이 딱: 지:가 갖고 싶었던 놈여요. 아자씨가 볼 땐: 이 양:헌티 꼴:을 많:이 주:야 될 거 같아요?"
"왜 그러는디?"
"집이 쩨:깐헌게요..."
"충:분헐 거여. 내가 너헌티 쩨:깐헌 양:을 그:려 줬은게."
야:가 고개를 그:림 쪽으다 쉮였어.
"그:릏게 쩨:깐허지도 않은디... 아:따! 야:가 자네요잉..."
이릏게 내가 에린 왕자를 알:게 된 거여.

3장

야:가 어:디서 왔는가 알아내는데 시간이 쫌: 걸리데잉. 에린 왕자는 나헌티 자:꾸 멀: 물:어 쌓는디 내가 저헌티 물:어본 것들은 들은 척:도 안 허는 거 같여. 수:시로 듣는 말:로 쫌:씩 알:게 되드라고. 이를테믄 갸:가 내 뱅:기를 첨: 보드만(난 뱅:기는 안 그:릴 거여. 내가 그:리기엔 말:도 못:허게 어렵잖냐) 나헌티 물:어봐.

"저건 뭣:에다 쓰는 물건이래요?"
"저건 그냥 물건이 아니여. 날라댕겨. 저:게 먼:고 허니, 뱅:기라는 거여. 내 뱅:기여."

나는 갸:헌티 내가 날라댕긴단 걸 알려준게 기분이 좋:드라고. 근디 야:가 소릴 꽉: 질러.

"뭣:이여! 아자씨도 하늘서 떨어졌어요?"

"그려:." 내가 겸손허게 그렸어.

"아:따, 거 웃:기네요잉."

인자 에린 왕자가 막: 웃:어 싼:디 난 이게 깨:나 승:질이 나는 거여. 나는 넘들이 내 불행을 쫌 심:각허게 생각허믄 좋:겠단 말이여. 근디 야:가 또 그려.

"글:믄 아자씨도 하늘서 왔는 갑네요잉. 어:디 벨:서 왔간디요?"

그니까 인자서야 야: 존재의 비:밀에 빛이 비친 거 같은 게 나도 물:어본 거여.

"그러믄 너도 다른 벨:서 왔냐?"

근디 야:는 내 말:에 들은 척도 안 히여. 내 뱅:기를 계:속 봄선 머리를 갸웃:갸웃허데.

"그려:, 저놈 갖곤 그렇게 멀:리선 못: 올 거여잉..."

그러드만 인자 한:참을 생각허는 거 같아. 그러고 내 양:을 지: 봉창서 끄:내 갖곤 지: 보물을 구다봄선 또 한:참을 생각혀.

자네는 '다른 벨:'이란 고 반:쪼가리 얘:기가 얼:매나 나를 갖다 애를 태웠는가 상:상이 될 거여잉. 그래서 쫌 더: 알아볼라고 또 물:어봤어, "아가, 넌 어:디서 왔냐? 너 집이 어:디간? 내 양:을 얼:로 데꼬 갈라고?"

짚:이 생각에 빠진 양 암:말도 않고 가만: 있드만 야:가 나헌티 그려.

"참:말로 잘됐구만요. 컴컴:해지믄 아자씨가 나헌티 준 종이깍이 갸:헌티 집이 되 줄 건게."

B612 수행성 욱:○ 에린 왕자

"그려. 글고 니:가 말:을 잘 들으믄 낮에 그놈을 뭉꺼 놀: 산 내끼도 줄라 그려잉. 말뚝이랑 해서잉."

근디 이 제안이 에린 왕자를 놀:래킨 갑만.

"뭉꺼요? 그게 먼: 새:똥 맞은 소리여!"

"근디 안 뭉끔 암: 데나 갈 텐디, 갸:가 길을 잊어뻐림 어쩔라 그려:."

그런게 이 친구가 또 웃:어 싸:. "하이고;, 야:가 가믄 어:딜 가간디요!"

"암:데나, 지: 앞으로 쭈욱..."

근디 에린 왕자가 심:각허게 그려. "그건 갠찮애요. 나 산: 곳이 원:체 쩨:깐헌게!"

그드니만 또 쪼:매 맴:이 아픈 양 또 그러는 거여. "글고 지:가 앞으로 가 봤:자 글케 멀:리는 못: 갈 거구만요..."

4장

이런 식으로 둘:째로 중요헌 사:실을 알:게 된 거제. 그게 먼:고 허니, 갸:네 행성이 집보다 겨우 요맨:큼 더 크단 것이여.

근디 난 그게 그릏게 놀:랍진 않드라고잉. 난 지구, 목성, 화성, 금성 마냥 넘들이 이름 져: 준 행성 말고도 망:원경에 잘: 뵈:도 않게 쩨:깐헌 놈들도 있단 걸 알:고 있었은게. 천문학자가 이 중에 한 놈을 보믄 이름을 숫:자

로 맹글아. 에:를 들믄 '325 소행성' 같이 말이여.

 에린 왕자가 B612 소행성에서 왔:단 확실헌 증:거가 있어. 그 소행성은 1909년에 터어키 천문학자가 망:원경으로다가 딱 한 번 본 눔이여.

 그 냥:반이 인자 국제 천문학회서 자기가 발견헌 걸 갖고 경:장헌 발푀를 혔:어. 근디 그 냥:반 옷 매무시 땜시네 아:무도 믿덜 않았어. 어:른들이 글:치 머:.

 B612 소행성으로서는 재수가 좋:은 것이 터어키 독재자가 사:람들헌티 구라파 복장을 안 입음 쥑:인다고 윽박질른 거여. 그래서 천문학자가 1920년에 근:사허게 채리곤 다시 발푀를 혔:드니 이번엔 사:램들이 그 냥:반 말:이 맞다고 헌 거 아닌가.

 내가 자네들헌티 B612 소행성을 너무 구잡시럽게 설명허고 숫:자까지 말:을 해 준 것은 다 어:른들 때문이여. 어:른들은 숫:자를 좋아혀. 자네들이 어:른들헌티 새 친구랑 새귀었다고 말:을 허믄 그 냥:반들은 중요헌 건 절:대 안 물어볼 거여. 어:른들은 있잖냐, 이런 건 절:대 안 물어봐. "갸: 목소리는 어떠냐? 멀: 허고 노는 걸 좋아헌댜? 나:부 모은 걸 좋:아허냐?" 대신에 이런 걸 물:어볼 거여잉. "갸: 몇 살 먹었냐? 갸: 성제가 몇이나 된댜? 무게는 얼:마나 나간디야? 갸: 아부지는 얼:마

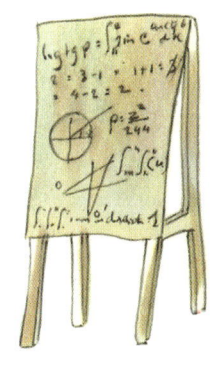

나 버신다 그려?" 어:른들은 그러믄 인자는 갸:를 좀 알:았다고 생각헐 것이여. 또 자네들이 어:른들헌티 이런 얘:길 헌다고 생각해 봐잉? "장미 빛깔 벡돌로 진: 이:쁜 집을 하나 봤:는디 봉창 가상엔 제라늄, 지붕 우:엔 삐둘키가 있고..." 이릏게 말:을 허믄 어:른들은 그 집을 떠올리덜을 못: 헌단게. 어:른들헌틴 이렇게 말:을 히:야 되는 벱이제. "십만 프랑 나가는 집을 봤:단게요." 글믄 인자 이럴 것이여. "거: 겁:나게 좋:은 집이다잉!"

똑:같이 자네가 그 냥:반들헌티 이롷게 말:헌다고 혀: 봐잉? "에린 왕자가 있단 증:거가 먼:고 허니, 갸:가 이:쁘장했던 거, 갸:가 웃은 거, 갸:가 양:을 갖고 잪다고 헌 거, 이게 다: 그 증:거구만요. 누가 양:을 갖고 잪다고 허믄 그게 갸:가 있단 증:거란게요." 일케 말:허믄 어:른들은 인자 어깨를 한 번 으쓱:허고 자네를 그냥 에린 애:로 대:할 것이구만. 근디 자네가 그 냥:반들헌티 "갸:가 온 행성은 B612 소행성여요." 일케 말:허믄 인자는 알아듣고 자네를 가만 내비둘 거여. 어:른들은 원래 그런단게. 그 냥:반들헌티 너무 많:은 걸 바라믄 못: 쓴다잉. 애:들은 어:른들헌티 너그러울 필요가 있단게.

근디 물론, 인생을 이해허는 우리헌티 숫:자는 우:수운 거여. 난 이 얘:기를 엣:날 애:기 마냥 시:작헐 거여. 이롷게 허면 쓰겄네.

"엣:날에 에린 왕자가 지:보다 쫌 클까: 말까: 헌 행성에 살:았는디 야:가 친구가 좀 있었으믄 쓰겄다 혀:서..." 인생을 이해헌 사:람헌티는 이게: 헐:씬 진짜배기처럼 뵐: 거여.

난 넘들이 내 책을 그냥 개붑게 읽는 건 싫은게 일:케 적는 거여. 이 얘:기를 다시 헌게 겁:나게 맴:이 시리네잉. 내 친구가 지: 양:이랑 가뻐린 것도 벌써 육 넨이나 됐구만. 내가 여그 이

얘:기를 허는 것은 까:먹덜 않을라고 그런 것이여. 친구를 잃어 먹어뻐림 슬프잖여. 모든 사:램이 다: 친구가 있는 것도 아닌디. 그리고 있잖냐, 나도 숫:자뱈에 모:르는 어:른들맹이로 될 지도 모:른단게. 그런게로 내가 물감이랑 옌:필 몇 자룰 산 거 아녀. 여섯 살 먹었을 띠: 보아 구렝이 쇽:이랑 배깥만 그:린 사:램이 내 나이에 다시 그:림을 그:릴라믄 솔:찬히 심들단게. 물론 난 엔간:허믄 비슷허게 그:릴라고 헐 건디 그게 잘: 될란가는 모:른 게잉. 하나가 잘 됨: 딴 놈이 영: 아니란게. 갸: 키 그릴 때도 엔간:치 틀린 거 같여. 이짝으 에린 왕자는 너무 큰디: 저짝 놈은 너무 쩨:깐헌 거여. 옷 빛깔 갖고도 질:질 끌었다잉. 암:튼간에 헐 만:큼은 혀: 봤:구만. 낭:중에 가믄 헐:씬 중요헌 디서 실수를 헐란가도 몰라.. 근디 그래도 날 봐:줘야 혀:. 내 친구는 나헌티 설명이란 건 허덜 않았은게. 갸는 어쩜 내가 지:처럼 똑똑새라 생각혔는가도 모:르것어. 근디 있잖냐, 미안허지만, 난 종이깍안:으 양:들을 어:치케 봐:얀가 몰:라. 어쩜: 나도 어:른들 같이 된:가도 모:르것네. 나이를 먹었는 개비여.

5장

날마덤 갸:네 행성이나, 거길 떠날 적 일:이나, 여행에 대해 먼:가 쫌:씩 쫌:씩 알:게 되았어. 시나:브로, 생각을 허다 보믄 알:게 되더란게. 글다가 인자 사흘날에 바오밥 얘:기를 알:게 된 거여.

　요번에도 그건 양: 때문이었는디 에린 왕자가 뜽금없이 나헌티 멀: 묻:더라고, 먼:가 겁:나게 중:헌 거 마냥.
　"양:덜이 풀 뜯는 거: 참:말이여, 안 그려요?"
　"아:믄."

"아, 글:믄 잘 됐구만요."

양:이 풀 뜯는 게 머:가 그리 중:헌 건가 나는 영: 몰:르겄는디 에린 왕자가 또 그려.

"글믄 갸:들이 바오밥도 뜯어먹겄죠?"

난 에린 왕자헌티 바오밥이 쩨:깐헌 풀떼기가 아니라 예비당 맹이로 큰: 나무고 코키리 한 부대를 델:꼬 와도 바오밥 한 놈을 먹덜 못: 헐 거라 혔어.

코키리 한 부대란 소리가 에린 왕자를 웃:겼든 개비.

"글믄 갸:들을 모드레기로 쌓아야 쓰겄구만요."

근디 야:가 제복 똘똘하게 또 그랴.

"바오밥도 크기 전엔 쩨:깐허죠잉."

"그지잉, 근디 넌 왜 양:이 쩨:깐헌 바오밥을 먹었음 쓰겄다 그러는 거여?"

근게 야:가 빤헌 걸 묻:는다는 덱기 그러데. "아:따, 것도 모:른대요!" 요 수수꺼끼를 풀:라고 솔:찬히 끙끙댔어.

사:실은 있잖냐, 에린 왕자네 벨:에도 딴 벨: 마냥 좋:은 풀도 있고 못:쓰는 풀도 있던 거여. 말:허자믄 좋:은 풀의 좋:은 씨, 못:쓴 풀의 못:쓴 씨가 있는 거제. 근디 씨는 거진 눈에 안 뵈:잖여. 씨들은 땅 속:에 숨어 갖고 그 중 한 놈이 어, 인자는 일어나야 쓰겄구만 헐 때까지 잠을 자. 인:나믄 인자 지지개를 피고 젤: 먼저 쑥씨롭게 해 쪽으로다 이:쁘장허고 보드란 싹을 내미는 거여. 야:가 무수나 장미 쌕이믄 저 허고 잪은 대로 내:싸둬도 되아.

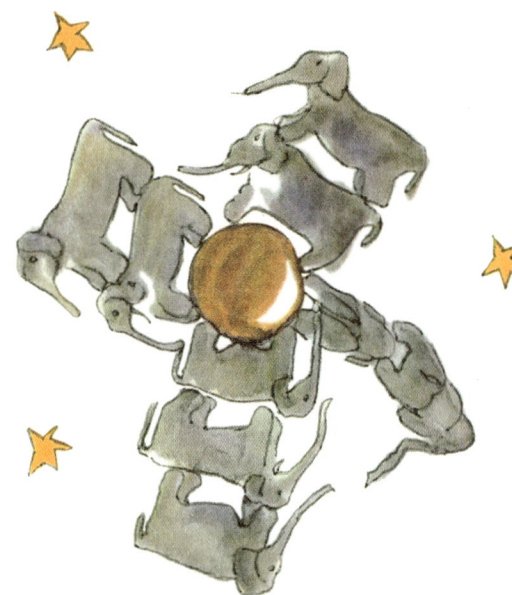

근디 그놈이 못:쓰는 놈이믄 볼 적마다 뽑아 버려야 혀:. 에린 왕자네 벨:에 아주 무선: 놈으 씨가 있는디 그게 먼:고 허니 바오밥 씨여잉. 그 벨:은 바오밥 씨가 아:주 겁:나잉. 그놈을 너무 늦게까지 둠: 저얼대 파내덜 못: 혀. 나무가 온 벨:을 덮어뻐리고 뿌렝이는 또 구녁을 뚫는다네잉. 글고 벨:은 오:살나게 쩨:깐헌디 바오밥이 천지믄 벨:이 짜개져 버린단게.

"습관의 문제여." 에린 왕자가 낭:중에 나헌티 그려. "아침에 시:수허고 나믄 벨:도 시:수를 시기 주:야 쓰는 거여요. 바오밥이 장미랑 구벨될 때마덤 규칙적으로다 뽑아 주:야 헌단게요. 갸:들이 쩨:깐헐 땐 장미꽃이랑 솔:찬히 비슷:허거든요. 이게 구찮긴 헌디 또 솔:찬히 쉬워요."

언젠 또 야:가 나헌티 훌:룽헌 바오밥 그:림을 쫌 그:려 갖고 이 땅으 애:들헌티 좀 알려주라 그려.

"갸:들도 언:젠가 질을 떠나믄 이놈이 쓰잘 데가 있을 거구만요. 가:끔은 지: 일:을 좀 늦게 혀:도 암:시랑 안 허잖애요. 근디 바오밥은 틀:림없이 큰일이 난단게요. 께으름쟁이가 사는 벨:이 하나 있는디 풀 세: 퐈기를 기양 놔:둔게..."

그래서 에린 왕자가 알려준 대로 께으름쟁이 벨:을 그:린 놈이 이놈이여. 난 샌:님 같은 소리 허는 것은 별라 좋:아허덜 안 혀:. 근디 바오밥이 을:매나 무선가 안: 사:램은 거의 없:고, 소행성에 질을 잃어 갖고 간 사:람들헌티는 그 위험이 너무 크게 딱 한 번만 내 원칙으로다 예:외를 둔 거제. 이롷게 말:헐라 그려. "야:들아! 바오밥 조:심혀라!" 내가 이롷게 이 그:림을 심들여 갖고 그:린 것은 나 같이 여:태 이 위험함을 몰:르고 산 내 친구덜을 조:심 시길라고 그런 것이여. 내가 갈쳐 준 수업은 그를 만:헌 가치가 있단게. 자네들은 어:쩌믄 속:으로 일케 물:을란가도 몰:러. 뭐 땜시 이 책엔 바오밥 그:림만치 대:단헌 그:림은 없:디야? 대:답은 간단혀. 혀: 보긴 혔:는디 잘은 안 된 거제. 바오밥을 그:릴 적엔 원:체 급헌게로 잘 된 것이고잉.

바오밥 낭구

6장

아:따, 에린 왕자야! 나는 자네 짤룬 인생이 쓸쓸:허단 걸 시나:브로 이해를 헌 거여. 자네는 내내 잔잔:헌 저녁 북새백에는 소일거리가 없:었은게. 이걸 내가 알:게 된 게: 언:제인고 허니, 나흐렛날 아침에 자네가 나헌티 말:을 걸었을 적이제.

"저는 해 떨어지는 것이 참 좋:구만요. 같:이 해 떨어지는 거: 보러 가게요."

"근디 쫌: 지달려야 되아…"

"멀: 지달린대요?"

"해가 떨어질 적까정 지달려야 되제."

자네는 첨:엔 엥간:히 놀랜 거 같더니 금:시 지: 혼차 웃:데잉. 인자 나헌티 그랬잖여.

"나 시방 우리 집에 있는 줄 알:았잖애요."

사:실은 다:들 알:겄지만은 미국서 해가 중천에 떴을 적엔 불란서선 해가 떨어지는 뱁이여. 일 분 만에 불란서까지 갈 수 있으믄 해가 떨어진 걸 볼 수도 있겄제. 근디 안 되얏지만 불란서는 겁:나게 멀:잖여. 자네 쩨:깐헌 벨:이라믄 걸:상을 쫌:만 땡김 충분헐 테지. 글믄 북새를 보고 잪을 적마덤 언:제라도 볼 수 있은게.

"한번은 있잖애요, 해 떨어진 걸 마훈세: 번이나 봤:단게요!"

그러고 쫌: 있다 그러데잉.

"아:시죠잉... 맴:이 시릴 적이믄 해가 떨어지는 게 참: 보고 싶단게요."

"마훈세: 번 본 날 니: 맴:이 글믄 많:이 시렸는갑네?"

근디 에린 왕자는 대:답을 안 허드라고.

7장

닷샛날, 요번참에도 양: 때문이었는디, 에린 왕자으 비:밀을 하나 더 알:게 됐구만. 뜽금없이 야:가 나헌티 갑재기 멀: 물:어보드만. 꼭 한:참을 죄용:히 생각허던 일:인 것 맹이로 말이여.

"양:이란 놈이 풀을 먹으믄 꽃도 먹겄네요?"

"지: 눈까리에 뵌: 건 다: 먹제."

"까:시가 있는 꽃도요?"

"아:믄. 까:시가 있는 꽃도 먹지."

"글믄 까:시는 뭣: 헐라고 달고 있가니요?"

난 거까진 생각 못: 혀 봤어. 그때 난 발동기에 너무 꽉: 쬐아 논 나사못을 풀:라고 쌔:가 빠:지고 있었어. 뱅:기가 고장

난 것이 점:차 중:허게 뵌:게로 걱정시러 죽겄는디 그 중에서도 마실 물이 떨어질라는 게: 젤:로 걱정이여.

"까:시요, 그건 뭣: 헐라고 달고 있어요?"

에린 왕자는 한번 궁금증이 나믄 끝:까지 캐물어 쌓잖애잉. 나사못 땜시 썽:이 난게 나는 또 아:무캐나 되는 대로 지껄여뻐렸지 뭐:여.

"까:시 그거 순: 쓰잘데기 없:는 거여, 순:전히 꽃이 고집이 쎈:게 그른 거 아녀!"

"잉!"

잠깐 입을 다물고 있드만 야:가 인자는 썽:이 나서 쏘아붙이데잉.

"그게 먼: 말: 같덜도 않은 소리여! 꽃덜은 약해요. 티미허고요. 지:들 딴에는 심들여 갖고 지:를 지킬라 그러는구만. 갸:넨 지:들이 까:시 땜시 겁:나게 무선 줄 안:단게요..."

난 암:말도 안 혔어. 그때 당시 난 속:새로 이러고 있었거등. '이 못이란 놈이 영: 안 빠져뻐리믄 망치로 확: 쳐뻐리든가 해:야 쓰겄네.' 근디 에린 왕자가 또 달:고 나서드만.

"그래서 아자씨는 꽃덜이..."

"그래! 그래! 난 암:것도 모:른단게! 아:무캐나 생각난 대로 말:헌 거여. 시방 헐:씬 중요헌 걸 허고 있잖냐!"

갸:가 인자 눈을 똥:그랗게 뜸선 날 쳐다봐.

"헐:씬 중요헌 거요잉!"

갸:가 날 쳐다봤는디, 난 인자 손에는 망치를 들고서나 손꾸락은 새:깜허니 지름때가 묻어 갖고 갸:헌티는 솔:찬히 못:나 뵐: 썽 싶은 물견 욱:으로다 몸을 굽히고 거: 서 있었제.

"아자씨도 어:른덜 맹이로 말:을 허네요!"

그 말:을 들은게 내가 좀 추접시런 거 같드만. 근디 야:가 봐:주덜 않고 또 그려.

"죄:다 헷갈리고 있잖여... 싹: 다: 뒤섞어 버리고 말이여!"
 야:는 인자 참:말로 겁:나게 썽:이 나 있었단게. 샛노란 머리크락이 바람에 날렸어.

"어떤 벨:에 낯반데기가 뻘:그런 냥:반이 하나 살아요잉. 평상 꽃 냄시 같은 건 맡아 볼라고도 않애요. 벨: 한 번 쳐다보덜도 않고요. 아:무도 좋:아해 본 적도 없:단게요. 그저 숫:자 시:는 거 말곤 암:것도 안 헐라 그려. 그러곤 인자 하루 죙:일 아자씨처럼 그런단게요. '난 중요헌 사:램이여! 난 중요헌 사:램이여!' 그걸로다 그 냥:반은 콧대가 높아 갖곤 뻗:댄단게요. 근디 그게 사:램이간디요, 버섯이제!"

"뭐:여?"

"버섯 말이여!"

 에린 왕자는 인자는 너무 썽:이 나서 낯 빛깔이 흐연해져 버렸어.

"수:백만 년 전부터 꽃덜은 까:시를 질렀어요. 수:백만 년 전부터 양:덜은 그려도 꽃을 먹었고요. 근디도 꽃덜이 씨잘:데기 없:는 까:시를 맹글라고 그릏게나 쌔:가 빠:지는디, 그거 이해헌 것이 뭣:이 중요허덜 않은 건디요? 양:덜이랑 꽃덜의 쌈:박질은 중요허덜 않고만요? 이게 등:치 큰 뻘:그런 냥:반이 숫:자 시:는 것보덤도 심:각허거나 중:허덜 않고만요? 그리고 인자, 내가 말이여, 우리 벨: 말고는 암:데도 없는, 시:상에 하나백에 없:는 꽃을 알:고 있는디, 갸:를 쪼:깐헌 양:이, 어느 날 아칙에 말이

여, 갑재기 지:는 멀: 허는가도 몰:르고 한 입에 먹어 버릴 수도 있단 걸 알:믄요? 시방 그게 중:헌 게 아니다, 그 말이여?"
 인자 얼골이 뻘:개져 갖곤 말:을 잇었어.
 "어떤 사:램이 벨: 수:백 수:천만 개 속:에 딱 하나백에 없:는 꽃을 좋:아허믄 말이여, 그저 그 벨:덜을 올레 보기만 혀:도 기분이 좋:을 거구만요. 혼차 그러겄죠. '내 꽃이 저기 욱:에 어:디 있겄구만.' 근디 양:이 그 꽃을 먹음 그 사:람헌티는 모든 벨:이 뜽금없이 꺼진 거나 똑:같을 건디. 그려도 이게 그만치 중요허덜 않간디요!"
 갸:가 더는 말:을 못: 허더라고. 갑재기 눈물이 터져 버린 게. 인자 밤이 되았드만. 난 내 연장을 놔: 버렸어. 망치랑 나사 못이랑 목이 말르거나 말:거나 죽어 버리거나 말:거나 뭔: 소용이간디. 어떤 벨: 우:에, 어떤 행성 우:에, 우리 벨:, 지구 우:에 달개 줄 에린 왕자가 있는디. 갸:를 두 팔로다가 안았어. 갸:를 보듬음선 일:케 말:히 줬어. "니가 사랑허는 꽃은 암:시랑토 않을 거여. 내가 니 양:헌티 입막애를 그:려 줄란게. 니 꽃헌티 갑옷도 그:려 줄라 그려... 내가..." 머:라 해 주야 쓸란가 모:르겄더라고. 내가 멀: 헐 수 있을 거 같질 않드만. 갸:헌티 어:치케 다가가야 헐란가 어:치케 도와주야 헐란가 영: 몰:르겄어. 눈물으 땅이란 거, 그거 참: 신비스런 거여잉.

8장

곧 이 꽃이란 놈이 먼:가 더: 알:게 되았어. 에린 왕자의 벨:에는 항:시로 수수:헌 꽃들이 있었는디, 꽃잎새기 한 접으로만 채리고 자리도 벨라 차지허도 않고 누굴 구찮게 허도 않는 놈들이여. 야:들은 새복에 숨풀서 나타나서 껌껌:해질 적이믄 시들어 버린디야. 근디 이 꽃은 어느 날 나타났는디 어:디서 왔는가 아:무도 몰:르는 씨앗서 난 놈이여. 인자 에린 왕자가 다른 놈이랑 뫼양이 영: 달분 요 싹을 가만:히 본 거제. 이놈이 신종 바오밥 낭굴란가도 모:른 벱인게. 근디 이 풀은 인자는 고만 크는 거 같더니 꽃 하날 맹글기 시:작허는 거여. 에린 왕자는 큰 꽃봉다리가 뵌:게 먼:가 솔:찬히 경:장헌 놈이 나올라는 걸 알:았디야. 근디 이 꽃은 지: 초록색 방 안:에 앙거 갖곤 이:쁘장허게 치장만 허고 자빠졌더랴. 까탈시럽게도 지: 색깔을 골르는 거여. 밍기작:밍기작: 입성을 채림서 꽃잎새기를 하나: 하나: 따듬은 거제. 말:허자믄 개:양귀비 맹이로 대:충 채리고 나오고 싶진 않았는 갑지. 지:가 젤:로다가 근:사허게 뵐: 때 나올라고 혔:던 뫼양이라. 아이고메! 그려, 겁:나게 멋쟁이여잉. 신비스런 화장을 메:칠이 걸려 감서 허드랴. 그리고 인자 요거 봐잉, 어느 날인가 해 뜬 거랑 딱: 맞춰 갖곤 지: 얼골을 비췄디야.

그러곤 그릏게나 심들여 갖고 입성을 채려서 근가 하품을 허믄서 뭐:라고 허는고 허니.

"아:이고야, 제:우 일어났네. 미안혀요. 머리크락이 죄:다 허크러졌구만요..."

근디 에린 왕자는 있잖냐, 야:가 너무 이:쁘장헌게 놀:랜 거여.

"참:말로 겁:나게 이:쁘시구만요!"

"글죠잉?" 꽃이 보드랍게 대:답을 혔어. "그리고 지:는 말여요, 해랑 똑:같은 시간에 났잖애요."

에린 왕자가 가만: 본게 야:가 글케 썩: 겸손허진 않은 거 같은디 아무튼간 겁:나게 이:쁘긴 이:쁘더라는 거여.

"지:가 가만: 본게 말여요잉, 지금 아침밥 먹을 땐 거 같은디." 그러드니 또 그려. "거:, 지:도 생각 좀 해 주시게요..."

그런게 어:뜩혀, 에린 왕자는 어:쩔 줄 모:른게 깨:끗헌 물이 든 물조루를 얼른 갖고와 갖고 서나 꽃헌티 물을 줬:어.

근디 얼:매 안 가 갖고 꽃은 솔:찬히 심술 사난 허세로다 에린 왕자를 못: 살게 혔:어. 에:를 들자믄 어느 날은 지: 까:시 네: 개를 보여줌서 에린 왕자헌티 그랬디야.

"호:랭이란 놈덜이 발톱을 갈:고 와도 난 암:시랑도 안 혀요."

"우리 벨:엔 호:랭이 같은 거 없:는디." 에린 왕자가 달:고 나섰어. "글고 호:랭이는 풀은 먹도 않잖애요."

"난 풀이 아닌디." 꽃이 보드랍게 대:답혔어.

"미안혀요..."

"난 호:랭이는 한:테기도 안 무선디 바람 분: 건 딱: 질색이란게요. 벵:풍 같은 건: 없:는 개비요?"

'바람이 싫다믄 식물로서는 벨로 좋:은 일:은 아닐 거 같은디.' 에린 왕자가 혼차 생각혔어. '이 꽃은 겁:나게 까탈시랍구만.'

"껌껌:해지믄 나헌티 유리 뚜껑도 덮어 주야 되요잉. 임:자 집

은 겁:나게 춥구만요. 세:간도 벨라 없:고잉. 나 에:전 산: 디는..."

야:가 말:허다가 말:고 지: 혼차 입을 다물데잉. 야:가 여그 올 적엔 아직 씨앗이었잖여. 지:가 시:상에 대해서 멀: 알: 수나 있었겄어. 그만:치 티미헌 그:짓말을 거진 들킬 뻔 헌 것이 챙피시런게 야:가 에린 왕자헌티 잘못을 두집어씌울라고 두:세 번 지침을 혔:어.

"벵:풍은요...?"

"찾아볼라고 혔:는디 임:자가 나헌티 말:을 시킨게 못: 갔잖애요!"

그런게 꽃이 에린 왕자를 열적게 헐라고 또 지침을 허는 거여.

그담:부텀 에린 왕자는 꽃이 좋:긴 헌디 야:를 믿덜은 못:허겄더랴. 꽃이 벨: 생각도 없이 헌 말:을 너무 참:말로 들은게 점:점 불행해지는 거여.

"갸: 말:을 듣는 게 아닌디." 하루는 야:가 나헌티 그러더라고. "꽃 말:은 절:대로 들으믄 안 되아요. 보고 냄:시만 맡고 그거믄 되죠. 내 꽃은 온: 벨:을 다: 향기로 채왔는디 난 고걸 고맙다고 생각을 안 혔은게. 날 겁:나게 짜징시랍게 헌 까:시 얘:기는 알:고 본게 나랑 말: 한번 섞어볼라고 그랬던 거였구만요."

또 나헌티 지: 속:새 얘:길 허데.

"근게 난 암:것도 몰:랐던 거여! 갸:가 지껄이는 거 말:고 허는 걸 보고 판단을 허는 건디. 갸:는 내 삶:을 향기롭게 허고 빤짝:빤짝허게 히:줬잖은가 말여요. 갸: 혼차 냅:두고 올 것이 아녔단게! 그 너갱이 빠진 그:짓말 뒤에 있는 보드라움을 봤:어야 했구만요. 꽃덜은 하이튼간에 모순적이여! 근디 나도 갸:를 사랑헌단 걸 이해허기엔 너무 에리긴 에렸어요잉."

9장

난 갸:가 지: 벨:에서 떠날라고 철새 떼거리가 가는 걸 써먹었을 거라 생각을 혀:. 떠난 날 아칙에는 지: 벨:을 깨끔허게 정리를 혔어. 지: 활화산을 꼼꼼:허게 씰어 냈구만. 야:네 벨:엔 활화산이 둘: 있었어. 아침밥 뎁힐 때 쓰믄 참: 좋:은 놈이여. 사화산도 하나 있었어. 근디 갸:가 항:시로 그려, '어:찌 될란가 모:른게!' 그런게로 사화산도 똑:같이 씰어 냈어. 화:산이란 건 말이여, 잘: 씰어 내믄 보드랍게 규칙적으로다 탐서나 갑재기 터지덜은 않아. 화:산이 터진 것이 귀:뚝불 맹이란 게. 우리야 우리 벨:으 화:산을 꼼꼼:허게 씰어 내긴 너무 쩨:깐허긴 허지. 그런게로 고것들이 그리 말:짓을 허는 거 아녀. 에린 왕자는 그러고 쫌 서운헌 걸 느낌선 마지막 바오밥 싹도 싹: 뽑아 버렸어. 인자 다신 못: 올 거라 생각이 들드랴. 근디도 맨:날 헌 일:들은 그날 아침에도 겁:나게 실급게 뵈아. 글고 인자 꽃헌티 마지막으로다 물을 찌끄러 주고 유리 뚜껑을 두집아씨와 줄란게 꼭 울음이 나올 것 같았디야.

"안녕히 계:셔요." 갸:가 꽃헌티 그렸어.

근디도 꽃은 입을 다물고 있었어.

"안녕히 계:셔요." 갸:가 또 그렸어.

지: 활화산을 꼼꼼히게 씻어 냈구만.

꽃이 지침을 혔:어. 근디 강:기 땜에 그런 건 아녔어.

"내가 미런했구만요." 그제사 꽃이 말:을 허드랴. "미안혀요. 행복허게요."

꽃이 머:라 안 헌게 야:는 솔:찬히 놀:란 거여. 손으다 뚜껑을 들곤 꺼끔허고 거그 서 있었어. 왜 이릏게 야:가 곰살맞은가 이해가 안 된 거제.

"근디요, 에, 임:자를 사랑혀요." 꽃이 그려. "임:자는 암:것도 몰:랐잖애요, 내 잘못 땜시. 그게 중요헌 건 아니여. 근디 임:자도 나 맨큼이나 미런했어요잉. 암:튼 행복허시게요. 글고 그 뚜껑은 내:싸둬요. 인자 더:는 쓰잘 데 없:은게."

"근디 바람은요...?"

"나 강:기 글케 안 심해요. 글고 션:헌 밤바람이 나헌티는 더 좋:단게요."

"근디 짐성은...?"

"나:부랑 만낼람 벌거지 두셋은 전뎌야 안 허겄소. 갸:네들은 솔:찬히 이:쁠 거여. 아니믄 누가 날 찾기나 허간디요? 임:자는 멀:리 갈 거잖애요. 글고 큰 짐성도 난 암:시랑도 안 혀요. 나도 내 발톱이 있은게."

그러고 인자 순진허게 지: 까:시 네: 개를 뵈:주는 거여. 글드만 그리여.

"그릏게 어정띠게 있덜 마요, 짜잉난게. 간다믄서요. 얼릉 가요."

지:가 운: 걸 뵈:주기 싫은게 그런 거여. 솔:찬히 콧대 높은 꽃이란게.

10장

근:치엔 소행성 325, 326, 327, 328, 329, 330이 있었어. 그려서 야:가 인자 헐 일:도 좀 찾고 먼:가 쫌 배와야 쓰것다 싶은게 이곳들을 함: 가 봐야것다 맘:을 먹은 거여.

젤: 첨: 벨:에는 왱이 살:았어. 왕은 보래색이랑 흰 담보까죽으로 뀌민 우틸 입음선 단순허믄서도 경:장헌 옥좌에 앙거 있었어.

"아따, 신하가 온 갑만!" 에린 왕자를 보고 왱이 괴함을 질렀어.

그런게 에린 왕자가 혼찻말을 혔:어.

"한 번 본 적도 없:구만 날 어:뜨케 알아본디야?"

왕헌티는 시:상이란 것이 겁:나게 단순헌 걸 몰:른 거여. 왕헌티는 시:상 왼:갖 놈이 죄다 신하인 뱁인게.

"자네를 쫌 자세:히 봐:야 쓰것은게 쫌 가차이 와 봐: 봐."

드디어 누군가헌티 왕 노릇을 헌게로 기분이 좋아진 왱이 에린 왕자헌티 말:혔어.

에린 왕자가 앉을 곳을 찾는디 온: 벨:이 그 경:장헌 두루매기로 덮였거든. 그런게로 걍: 서 있는디 겁:나게 대간헌게로 하품을 혔어.

"왕을 앞으다 두고 하품허는 건 에:이가 아니여잉." 왱이 말:혔어. "자네 그거 금지여."

"지:도 어:치케 헐 수가 없:구만요." 꾀꽝시라와 갖곤 에린 왕자가 대:답혔어. "먼: 질을 온디다 한숨도 못: 잤단게요..."

"글믄 말이여." 갸:헌티 왱이 그려. "자네헌티 내가 명령헐텐게 하품을 한번 혀: 봐.. 솔:찬히 오랫동안 하품허는 놈을 한: 놈도 못: 봤구만. 하품이란 거 말이여, 고거 참말로 요:상시런 거여. 어이, 하품 한 번 더:히: 봐. 이건 명령이여."

"그건 쫌 무섭구만요... 더는 허덜 못: 허겄어요..." 에린 왕자가 얼골이 뿔그롬:히 갖곤 말:혔어.

"으흠, 으흠!" 왱이 대:답혔어.

"그려, 그러믄 내... 내가 자네헌티 명령헐란게 가:끔은 하품을 허고, 그러고 가:끔은..."

말:을 좀 떠듬거리도만 쫌 짜징이 난 거 같이 뵈아.

보통 왕은 넘들이 자기 권위를 올레다 보기를 바라잖여. 왕은 불복종이란 걸 내비두덜 않어. 이 냥:반은 말이여, 말:허자믄 절대 군주여. 근디 이 왕은 사:램이 좋:은게 갠찮은 명령만 혀:.

"내가 말이여." 왕은 이런 말:을 곧잘 허곤 혔:어. "장군헌티 갈마구가 되라 허는디 장군이 복종을 않으믄 그건 장군 잘못이 아닌 벱이여. 내 잘못이제."

"지:도 좀 앙거도 될란가요?" 에린 왕자가 열적게 말:혔어.

"자네가 앉을 것을 명령허네."

왱이 으젓:허게 담보 까죽 두루매기 자락을 씰믄서 대:답혔어.

근디 에린 왕자가 놀:랜 것이, 벨:이 이롷게나 쩨:깐허잖은가 말이여. 이 왕은 도대체 멀: 다시린다는 거여?

"전:하." 갸:가 왕헌티 말:혔어. "전:하께 멀: 좀 여쭈고 잪은디 갠찮을란가요..."

"자네헌티 명령헐란게, 물어봐 봐잉." 왕이 얼릉 말:혔어.

"전:하... 전:하는 멀: 다시리셔요?"

"다: 다시리제." 왱이 간단허게 대:답혔어.

"다:요?"

왱이 신중헌 손짓으로다 자기 행성이랑 딴 행성이랑 딴 벨:을 개리킸어.

"몽:창 다:요?" 에린 왕자가 말:혔어.

"몽:창 다:...." 왕이 대:답혔어.
 이 냥:반은 절대 군주인디다가 만물의 군주이기도 헌게 그런 것이여.
 "글믄 벨:들이 전:하헌티 복종을 허간디요?"
 "아:믄." 왕이 말:혔어. "바로 복종허제. 난 나헌티 앵기는 걸 놔:두덜 않여."
 그만치 경:장헌 심이 에린 왕자를 놀:래켰어. 똑
같은 권위가 있다믄 해 떨어진 걸 하레도 마훈네: 번,
아니여 일흔두: 번, 아님 백 번, 아니제 어쩌믄 이:백 번도 봐: 볼

것인디, 걸:상도 한 번 안 욍겨도 되고 말이여! 그런게 놔: 뚜고 온 지: 쩨:깐헌 벨:이 생각 나 갖고 서운해진게 왕헌티 갬:히 부:탁을 헌 것이여.

"쇤:네 해 떨어진 걸 쫌 보고 잪은디요... 쇤:네 소원이구만요... 해헌티 떨어지라고 명령을 좀 해 주셔요..."

"내가 장군헌티 이 꽃서 저 꽃으로 나:부 맹이로 날라가라고 명령허거나 비:극을 쓰라고 허거나 아니믄 갈마구가 되라고 혔:는디 장군이 명령을 듣덜 않으믄 그게 그 사람 잘못이겄는가, 아님 내 잘못이겄는가?"

"전:하 잘못이겄죠." 에린 왕자가 똑부러지게 말:혔어.

"바로 그거여. 헐 수 있는 것만 명령을 혀:야 쓰는 벱이제." 왱이 말:을 잇었어. "권위는 말여, 이:성에서 나오는 벱이여잉. 자네가 사:람들헌티 바다로 뛰어들라고 허믄 혁명이 날 것이여. 내 명령은 다: 그럴 만:헌 이유가 있은게로 나는 복종을 요구헐 권리가 있는 거여."

"그러믄 제 저녁 북새는요?" 한번 물:어보기 시:작허믄 절:대 잊어버리덜 않는 에린 왕자가 또 물:어봤어.

"자네는 북새를 보게 될 것이여. 내가 명령헐 건게잉. 근디 내 통:치술에 따라 조:건이 맞을 때꺼정 지달릴라 그려."

"그게 언:제가 될란가요?" 에린 왕자가 물:었어.

"으흠! 으흠!" 왱이 큰 달력을 봄선 대:답혔어. "으흠! 으흠! 그건, 그... 그... 그건 오늘 일곱 시 사:십 분쯤이여! 그러믄 자네는 내 명령이 을:매나 잘 멕히는가 보게 될 것이여."

에린왕자는 하품을 혔:어. 해 넘어간 것을 봤:음 좋:았을 것인디. 그러고 이미 쫌 싫징도 나고잉.

"전 인자 여그서 더는 헐 일:이 없:구만요." 갸:가 왕헌티 그랬어. "인자 고만 가야 쓰겄네요."

"가덜 말:어." 제:우 신하가 생긴 것이 기분이 좋:았던 왱이 대:답혔어. "가덜 말:어, 내가 자넬 장:관을 시기 줄 텐게!"

"먼: 장:관 말여요?"

"그... 그... 법무부 장:관!"

"근디 여긴 송:사헐 사:람도 없:구만요."

"아:무도 몰:르는 거여." 왱이 그렸어. "난 내 나라를 여즉 한 번도 귀:경을 못: 혔:어. 나이도 너무 먹은디다 여근 마:차 둘 디도 없는디 걸을람 너무 대근헌게."

"아아! 근디 제가 이미 봤:는디 말여요." 이미 벨: 반대 쪽을 한 번 더 슥: 둘러본 에린 왕자가 말:혔어. "저:짝에도 아:무도 없:구만요..."

"글믄 자넨 자신으 송:사를 허믄 되아." 왱이 대:답혔어. "그게 더 에러운 벱이제. 자기 자신을 판결허는 것이 넘들 판결허는 것보덤도 심든 일인게. 자네가 자네를 잘 판결헐 수 있으믄 자네는 참말로 헨:멩헌 사:램이라 헐 수 있제."

"지:는 있잖애요." 에린 왕자가 말:혔어. "어:딨든 간에 절 판결헐 수 있구만요. 여그 있을 필요는 없:을 거 같은디."

"에헴! 에헴!" 왱이 말:혔어. "내가 가만: 본게 이 벨: 어:디 쯤에 늙은 쥐새끼가 한나 있는 거 같여. 껌껌:해짐 고놈 소리가 들린단게. 자네가 고놈 늙은 쥐새끼를 판결허믄 쓰겄구만. 가:끔은 자네가 고놈헌티 사형을 판결혀. 고놈 목숨이 자네 판결에 달린 거제. 근디 그럴 적 마다 감형을 히: 줘야 혀:, 갸:를 애껴 놔야 된단게. 여긴 쥐새끼가 갸: 혼차여."

"지:는요." 에린 왕자가 대:답혔어. "사형 같은 건 판결허고 잪덜도 않고, 인자는 가 봐:야 쓰겄구만요."

"안 되아." 왱이 말:혔어.

근디 에린 왕자는 준:비도 됐:는디 나이 자신 군주를 더 서운허게 허고 잪덜은 않았어.

"전:하가 딱 부러진 복종을 원허시믄 저헌티 이:성적인 명령을 내리시믄 될 것 같구만요, 에:를 들믄, 일 분 내:로 가 버리라고 허는 것 같은 거요. 지:가 가만: 본게 조:건은 다: 맞는 것 같은디요…"

왱이 대:답을 안 헌게 에린 왕자가 둔전거리드만 한숨을 폭: 쉬:곤 떠났어.

"자네를 내: 대:사를 시기겄네!" 왱이 얼릉 괴함을 질렀어. 경:장히 권위있는 목소리였단게.

"어:른덜은 솔:찬히 이상시럽단게." 에린 왕자가 혼찻말을 혔:어, 떠날 적에 말이여.

11장

두 번째 행성엔 허영쟁이가 살:았디야.

"아! 아! 숭배자가 하나 온 갑만!" 허영쟁이가 멀찍:허니 에린 왕자가 뵌:게 소리 소리를 질라.

허영쟁이헌티는 다른 사람들이 전:부 숭배자로 뵌:게로 그런 거여.

"안녕허셔요?" 에린 왕자가 말:혔어. "아자씨 모자 생긴 모냥이 영: 우:숩구만요."

"이건 인사헐 때 쓰는 거여." 허영쟁이가 대:답혔어. "넘들이 나헌티 손뼉칠 적에 이놈으로 인사헐라고 그려. 근디 재수도 없:단게, 여그는 아:무도 지나댕긴 놈이 없:구만."

"아: 그려요?" 여즉 알아먹덜 못: 헌 에린 왕자가 말:혔어.

"자네 손 이놈이랑 저놈을 부닥쳐 봐: 봐." 허영쟁이가 시깄어.

에린 왕자가 지: 손 이 뇜이랑 저 놈을 맞부닥쳤어. 그런게 허영쟁이가 지: 모자를 들음선 에절 바르게 인사를 히여.

"이건 왕헌티 갔던 것보덤도 참: 재밌구만잉." 에린 왕자가 혼찻말을 혔:어. 그러고는 또 지: 손 이 뇜이랑 저 놈을 맞부닥치기 시작혔어. 허영쟁이는 또 지: 모자를 들음선 에절 바르게 인사를 혔:고.

그르케 오: 분 동안 연:습을 허고 난게 에린 왕자는 이 단순헌 놀음에 싫징이 났어.

"글:믄 그 모자가 떨어질라믄요," 갸:가 물:어봐. "어:치케 허믄 된대요?"

근디 허영쟁이는 듣덜을 않았어. 허영쟁이는 지:를 추겨준 소리만 들은게로.

"자네 참:말로 날 숭배허는가?" 이 사:람이 에린 왕자헌티 물:었어.

"숭배헌단 게 뭔: 뜻이간디요?"

"숭배헌단 건 뭔:고 허니, 내가 이 벨:으서 젤:로 잘 생기고 젤:로 잘 채리고 젤:로 돈도 많:고 젤:로 똑똑허단 걸 알아본단 것이여."

"근디 아자씨 벨:에는 아자씨 혼차백에 없:는디요!"

"부:탁이여, 암:튼간에 날 숭배히: 주란게!"

"아자씰 숭배혀:요." 에린 왕자가 어깨를 으쓱거림선 말:

혔어. "근디 그게 아자씨헌티 쓰잘 데가 있간디요?"
　그러고는 에린 왕자는 가 버렸어.
　"어:른덜은 아:무튼간에 솔:찬히 거시기허단게."
갸:가 여행을 험서 혼찻말을 했:어.

12장

다음 행성에는 술꾼이 살:았어. 이번 방:문은 솔:찬히 짤룬디도 에린 왕자 맴:을 솔:찬히 불펜허게 했어.
　"거:서 뭐: 허신대요?" 갸:가 빈: 벵이랑 꽉: 찬 벵 앞서 암:말도 않고 앙거 있는 술꾼헌티 물:었어.

"마셔." 술꾼이 그랬는디, 꼭: 초상난 사람 맹이여.
"왜 마시는디요?" 에린 왕자가 물:어봤어.
"잊어뻐릴라고." 술꾼이 대:답혔어.
"멀: 잊을라고요?" 벌써 맴:이 짠:히 갖곤 에린 왕자가 물:었어.
"챙피헌 걸 잊을라고 마시제." 머릴 떨어침서 술꾼이 그려.
"머:가 챙피허간디요?" 에린 왕자가 도와주고 잪은게 물:었어.
"마시는 것이 챙피혀!" 술꾼은 이리 말:허고 또 입을 꽉: 다물었어.
그런게 에린 왕자는 떠난 거여, 어리벙벙: 히:갖곤.
"어:른덜은 하여튼 겁:나게 거시기허단게." 여행험서 야:가 혼찻말을 혔어.

13장

넷째 행성은 사업가가 산: 곳이었어. 이 냥:반은 너무 집중을 헌게로 에린 왕자가 와도 고개를 쳐들도 않았어.
"안녕허셔요?" 야:가 그 냥:반헌티 말:혔어. "아자씨 댐:배 불이 꺼졌구만요."
"둘:에 싯:은 다섯. 다섯에 일곱은 열둘:. 열둘:에 싯:은 열다섯. 어, 왔냐. 열다섯에 일곱은 수물둘:. 수물둘:에 여섯은 수물야달. 댐:배 불 다시 쓸 시간도 없:단게. 수물여섯에 다섯은 서룬하나. 아따! 글:믄 인자 오:억 백육십이:만 칠백서룬하나나네잉."
"뭣이가 오:억 백만이라고요?"

"잉? 너 여즉도 거깄냐? 오:억 백... 나도 모:르겄네... 헐일:이 쌨:단게! 있잖냐, 난 중:요헌 사:람이다잉, 난 말이여, 쓰잘 데 없:는 소리 헐 시간이 없:단게! 둘:에 다섯은 일곱..."

"뭣이가 오:억 백만이간디요?" 한번 물:어 쌓기 시:작허믄 저얼대로 관:두덜 않는 에린 왕자가 또 물:었어.

사업가가 고개를 쳐들었네.

"내가 이 벨:서 살:은 게 쉬흔네: 핸디 딱: 세: 번 훼방을 받았어. 첨:에는 수물두: 해 전인가 풍데이가 어:디서 떨어졌는가 갑재기 떨어져 갖고양. 그 놈이 겁:나게 시끄런게로 덧셈을 네: 번이나 틀린 거 아녀. 둘:째는 열한 해 전인가 갑재기 류마티즘이 도진게잉. 운:동 부족이여. 걸:어 댕길 시간도 없:은게. 난 중요헌 사:램인게 그려. 인자 세: 번째는... 시방인 갑만! 근게 오:억 백..."
"머:가 백만이냐고 안 혀요?"
사업가는 시방 죄용해지긴 글러먹었단 걸 알:았어.
"가:끔 하늘에 뵈:는 저 쩨:깐헌 게 수:백만 개란 거여."
"퍼리요?"
"아녀, 빤짝거리는 쩨:깐헌 거 말이여."
"꿀벌요?"
"아니란게, 께으름쟁이들이 헛생각허게 맨드는 금빛 난 쩨:깐헌 것들 말이여."
"아아! 벨:이요?"
"그려, 그거. 벨:이구만."
"글믄 벨: 오:억 개를 갖고 멀: 헐라 그려요?"
"오:억 백육십이:만 칠백서룬하나. 난 중요혀, 그러고 난 말이여, 꼽꼽허단게."
"글믄 그 벨:들 갖고 머:를 허는데요?"
"내가 그것들 갖고 뭣:을 허냐고?"
"야:."
"암:것도 안 히여. 걍: 갖고 있는 거여."
"벨:을 갖고 있는다고요?"
"아:믄."
"근디 지:가 막 왕을 만났는디 그 냥:반은..."
"왕들은 가지는 게 아니여. '다시리는' 거지. 고 둘:은 솔:찬히 다른 것이란게."
"그러믄 벨:을 갖고 있음 뭣:이가 좋:간디요?"
"날 부:자로 맨들어 주제."
"부:자가 되믄 뭣:이 좋:간디요?"

"딴 벨:을 찾으믄 그것들을 살 수 있제."

'이 냥반은' 에린 왕자가 속:으로 그렸어. '말:허는 뽄:새가 쫌 술꾼 냥:반 맹이구만.'

그런디도 야:는 여즉도 궁금증이 나는 거여.

"벨:을 어:치케 가질 수가 있어요?"

"그것들이 누구 것이여?" 사업가가 심술쟁이 맹이로 대:꾸혔어.

"잘: 모:르겄구만요. 누구 것도 아닌 거 같은디."

"글믄 그건 내 것이여, 내가 젤:로 첨:으로다가 생각헌 사:램인게."

"그럼 끝이에요?"

"아:믄. 임:자 없:는 금강석을 발견허믄 그놈은 자네 것이여. 임:자 없:는 섬:을 발견허믄 그놈도 자네 것이제. 자네가 젤:로 첨:으로다 먼: 생각을 허믄 그걸 특허를 내아. 글믄 그건 자네 것이여. 그런게 난 벨:들을 가진 거여, 내 전에 그걸 가진다고 헌 사:램이 아:무도 없:은게."

"그건 그렇구만요." 에린 왕자가 그렸어. "그러믄 인자 그걸로 멀: 헌대요?"

"관리를 히여. 그걸 시:고 또 시:는거여." 사업가가 말:혔어. "대근헌 일:이여. 근디 난 중:요헌 사:램인게!"

에린 왕자는 여즉 만족을 못: 혔어.

"저는 있잖애요, 목도리를 갖고 있으믄 그걸 목에다 둘르고 매:고 댕길 수 있어요. 또 제가 꽃을 가졌으믄 고놈을 꺾어갖고 갖고 댕길 수도 있구만요. 근디 아자씨는 벨:을 따지도 못: 허잖애요!"

"못: 허제, 근디 고놈들을 은행에다 맡아 달랄 순 있은게."

"그게 먼: 소리래요?"

"먼: 소린고 허니, 내가 쩨:깐헌 종우에 내 벨:이 몇 갠지를 적어잉. 그러고 인자 그 종우를 금고 안:으다 옇:고 자물통을 잠구는 거여."

"그게 끝이에요?"

"아:믄, 글:믄 되아."

'거: 웃:기네잉.' 에린 왕자가 생각혔어. '시적이기까지 허고잉. 근디 겁:나게 중:헌 건 아닌디.'

에린 왕자는 뭣:이 중요헌가 어:른들이랑 생각허는 것이 솔:찬히 달븐게 그런 것이여.

"저는 있잖애요." 갸:가 다시 말:혔어. "제:가 날마덤 물 준 꽃이 있구만요. 일주일마덤 씰어 준 화:산 세: 개도 있고요. 사화산도 마찬가지로 씰어 준게. 어:찌 될란가 아:무도 모:른게 그려요. 화:산이 저헌티 있는 거랑 꽃이 저헌티 있단 것은 그것들헌티는 좋:은 일:이죠잉. 근디 아자씨는 벨:들헌티 벨라 좋:진 않구만요."

사업가가 먼: 말:을 헐라고 혔는디 말:을 못: 허고 있은게 에린 왕자는 걍: 떠나뻐렸어.

"어:른들은 참말로 거업:나게 이:상시롭구마잉." 갸:가 여행을 험선 간단허게 혼찻말을 혔:어.

14장

다섯 번째 행성은 솔:찬히 이상시런 곳이었어. 여그는 벨:들 중에 젤:로다 쩨:깐혔어. 포도:시 가로등이랑 가로등 쓰는 사:람 백엔 들어갈 곳이 없:드란게. 에린 왕자는 하늘 어디에 집도 없:고 사:는 사:람도 없:는 벨:에 가로등이랑 가로등 쓰

는 사:램이 무슨 쇠:용인가 아무리 생각을 혀: 봐:도 알: 수가 없:었디야. 그러믄서 혼찻말을 혔어.

"어:쩌믄 이 냥:반도 션:찬헌 사:램인가도 몰:르겄네. 그려도 왕이나 허영쟁이나 사업가나 술꾼보덤이야 들: 션:찬허겄지. 아무리 못: 혀도 이 냥:반 일:은 그럴 듯 안 혀. 이 사:램이 불을 쓰믄 그건 꼭 벨:이나 꽃을 하나 더 태어나게 허는 거나 마찬가질 테지. 그러고 불을 끄믄 그건 꽃이나 벨:을 재우는 거나 마찬가지고잉. 그건 참: 갠찮은 직업이구만. 그리고 갠찮으믄 참: 쓸모가 있는 것이여."

그 벨:에 내릴 적에 에린 왕자는 불 쓰는 사:람헌티 에절바르게 인사를 혔어.

"안녕허셔요. 불을 왜: 끄고 계:신대요?"

"명령인게 그려." 불 쓴 사:램이 그려. "왔는가."

"무슨 명령인디요?"

"불을 끄란 것이여. 푹: 쉬:게잉."

그러고 불을 다시 썼어.

"근디 왜: 다시 불을 쓴 거래요?"

"명령인게." 불 쓴 사:램이 대:답혔어.

"무슨 말:씸인지 영: 못: 알아듣겄구만요." 에린 왕자가 그려.

"알아먹고 말:고 헐 것도 없:어잉." 불 쓴 사:램이 그려. "명령은 명령인게. 좋:은 아침이여."

그러고 불을 껐어.

글더니 인자 바돌판 무늬 손수건을 끄:내 갖곤 이마빡을 딲았어.

"내가 허는 일:은 겁:나게 징상시런 일:이여. 엣:날엔 헐 만: 혔는디. 아칙엔 불을 쓰고 저녁엔 불을 끄고. 글믄 낮엔 좀: 쉬:고 밤에 자면 그만이란게."

 "내가 허는 일:은 겁:나게 징상시런 일:이여."

"그러믄 그 담:에 명령이 배뀐 갑네요?"

"명령은 배뀌덜 안 혔:어." 불 쓴 사:램이 그려. "그게 더: 문제여! 벨:이 해마덤 점:차로 빨리 돌아 번지는게, 근디 명령은 배뀌덜 않잖여!"

"그려서요?"

"그래서 시방은 일 분마다 한 번을 돌아 버린게로 일 초백에는 쉬:덜 못: 혀. 일 분마덤 불을 쓰고 꺼야 되야."

"그거 웃:기구만요! 아자씨네 벨:에선 하레가 제:우 일 분이네요."

"한:테기도 안 웃겨야." 불 쓴 사:램이 말:혔어. "우리가 같이 얘:기헌 동안 벌:써 한 달이 지났단게."

"한 달이요?"

"그려. 삼십 분은 삼십 일인게! 푹: 쉬:드라고잉."

그러고 다시 불을 쓰는 거여.

에린 왕자는 불 쓰는 사:람을 봄:선 이 명령에 충실헌 냥:반을 존경헐 수밖에 없:었어. 그러고 전에 지:가 걸:상을 끌:믄서 보던 해넘이가 생각나드랴. 그런게 야:가 인자는 지: 친구를 도와주고 싶었던 거제.

"있잖애요, 아자씨가 쉬:고 잪을 때 어:뚫게 허믄 쉴: 수 있는가 제:가 알:고 있구만요."

"난 항:시로 쉬:고 싶단게." 불 쓰는 사:램이 말:혔어.

사:램이 착실허믄서도 께으름쟁이일 수 있는 벱인게.

에린 왕자가 계:속 말:혔어.

"아자씨 벨:은 겁:나게 쩨:깐헌게 세: 발짝만 가믄 한 바쿠를 돌: 수 있잖애요. 햇볕 속:에 있을람 그저 느릿:느릿 걸:어가기만 허믄 될 거 아녀요. 쉬:고 싶음 걸:어가믄 되죠잉. 글믄 아자씨가 원:허는 만큼 낮이 잇어질 거구만요."

"그건 나헌티 벨라 도움이 안 될 거 같네잉." 불 쓰는 사:램이 말혔어. "내가 항:시로 허고 싶은 건 자빠져 자는 건게."

"그거 안됐구만요."

"안됐제." 불 쓴 사:램이 그려. "좋:은 아침이여."

그러고 불을 껐어.

"저 냥:반은 말이여," 여행을 계:속 허믄서 에린 왕자가 스스로 말:혔어. "저 냥:반은 왱이나 허영쟁이나 술꾼이나 사업가 같은 냥:반들이 낮촤 볼란가도 모르겄구만. 근디 내가 본게 션:찬허지 않은 사:람은 이 냥:반뿐이여. 아마도 이 냥:반은 저말:고도 다른 것도 생각을 헌게 그런 갑만."

에린 왕자는 서운헌게 한숨을 폭: 쉬:고 다시 혼찻말을 혔어.

"내가 친구로 새귈 만:헌 건 이 냥:반뿐인디. 근디 벨:이 겁:나게 쩨:깐헌게 두: 사:램이 있을 곳이 없:구만…"

에린 왕자가 갬:히 인정을 못: 헌 것이 갸:가 이 복받은 행성에 뭣:보덤도 서운헌 건 사:실은 해넘이가 수물네: 시간 동안 천사백마훈 번이란 거여.

15장

여섯 번째 행성은 열: 갑절은 큰 놈이었어. 여그서는 큰 책을 쓰는 어떤 나이 잡순 냥:반이 살:고 있었어.

"아이고! 탐험가가 오는 갑만!" 이 냥:반이 에린 왕자를 보곤 괴함을 질렀어.

에린 왕자가 책상에 앉아 갖고 쬠 숨:을 골랐어. 벌써 경:장히 멀:리 왔단게!

 "자네 어:데서 오는 질이여?" 늙은 냥:반이 물:었어.
 "그 큰 책은 뭐:여요?" 에린 왕자가 말:혔어. "선상님은 여:서 뭘: 허고 계:셔요?"
 "난 지리학자여." 늙은 냥:반이 말:혔어.
 "지리학자가 뭐:여요?"
 "지리학자가 뭔:고 허니, 바다, 강, 마을, 산, 사막이 어:디 있는가 공부허는 사:램이여."
 "거: 솔:찬히 재밌겠네요." 에린 왕자가 말:혔어. "그거야말로 진짜 일:이구만요!" 그러고 인자 지리학자네 벨:을 슥:둘러봤어. 이릏게 경:장헌 벨:은 평상 본 적이 없:었단게.
 "선상님 벨:은 진:짜로 보기가 좋:구만요. 여그 바다는 있어요?"
 "그건 알: 수가 없:구만." 지리학자가 말:혔어.
 "잉! (에린 왕자가 실망을 혔:어.) 글:믄 산은요?"
 "것도 알: 수가 없:단게."

"도시랑 강이랑 사막은요?"

"그것도 알: 수가 없:제." 지리학자가 말:혔어.

"근디 선상님은 지리학자 아녀요!"

"맞구만." 지리학자가 말:혔어. "근디 난 탐험가는 아닌게로. 난 탐험가가 꼭 있으야 혀. 도시랑 강이랑 산이랑 바다랑 대양이랑 사막을 시:러 댕기는 사:람은 지리학자가 아니여. 지리학자는 싸돌아댕기기엔 너무 중요헌 사:램인게. 지리학자는 지 사랑을 떠나덜 않여. 근디 탐험가헌티 이것:저것: 물:어보긴 허지. 물:어바서 그 사:람들이 찾아낸 걸 받아적는 거여. 그래서 찾은 놈 중에 쓸 만:허게 뵈:는 놈이 있으믄 지리학자는 인자 그 탐험가가 정신이 똑:바로 백힌 놈인가 자세:허게 알:아봐."

"그건 왜요?"

"그 탐험가가 순: 그:짓말쟁이믄 그건 지리학 책엔 재앙인게 그려. 탐험가가 술을 너무 혀:도 못: 쓴단게."

"그건 또 왜요?" 에린 왕자가 그려.

"술꾼은 곱절로 본게 그려. 글믄 지리학자는 산이 하나백에 없:는 곳으다 산을 둘:을 적을 거 아닌 개비."

"제:가 하나 아:는구만요." 에린 왕자가 말:혔어. "탐험가론 못: 쓸 사:람 말여요."

"그럴 것이제. 근디 탐험가가 착실허게 뵈:믄 인자는 그자가 찾은 것을 자세:허게 알:아봐도 되아."

"인자 가서 보간디요?"

"아:녀. 그건 너무 복잡시라. 대:신에 탐험가헌티 증:거를 내:놓으라고 허믄 되아. 에:를 들어 높:다란 산을 찾았다고 허믄 그자헌티 큰 독:을 가주고 오라고 허는 거여."

갑재기 지리학자가 흥분을 허드랴.

"근디 자네, 자네도 먼: 데서 왔잖은가! 자네도 탐험가잖여! 자네 벨:이 어:떤 벨:인가 좀 말: 좀 혀 봐: 바."

지리학자가 자기 공책을 피:고 옌:필을 집어 들었어. 탐험가가 허는 얘:기는 젤: 첨:엔 옌:필로 적는 벱이여. 먹물로 적을라믄 탐험가가 증:거를 내:놓을 적까정 지달려야 되아.

"그려서?" 지리학자가 물:었어.

"아! 지: 벨:은요." 에린 왕자가 말:혔어. "뭐 벨:시런 건 없:구만요, 겁:나게 쪼:깐헌게. 화:산이 세: 놈 있고요. 두: 놈은 활화산이고 한 놈은 사화산요. 근디 어:찔란가 모:르죠잉."

"어:찔란가 모르제." 지리학자가 말:혔어.

"꽃도 하나 있구만요."

"우:덜은 꽃 같은 건 적덜 않여." 지리학자가 그려.

"왜요! 젤:로 이:쁘장헌디요!"

"꽃은 한철뿐인게 그런 거여."

"고게 뭔: 말:씸여요? 한철이라니?"

"지리학 책이란 것은 뭔:고 허니," 지리학자가 말:혔어. "모:든 책들 중으서 젤:로다가 중:헌 책이란게. 절:대로 구식이 되는 벱이 없:는 것이여. 산이 자릴 욍기는 일:은 거진 없:지 않은가. 바다가 말른 일:도 거진 없:는 벱이제. 우:덜은 벤:치 않는 것만 적어."

"근디 사화산도 다시 깨:날 수가 있잖여요." 에린 왕자가 앙알였어. "'한철'이란게 무슨 뜻인디요?"

"사화산이든 휴화산이든 우:덜헌티는 다: 그뇜이 그뇜이여." 지리학자가 말:혔어. "중요헌 건 그게 산이란 거여. 그건 배뀌지를 않잖여."

"근디 '한철'이란 말:이 먼: 말:여요?" 에린 왕자가 또 물:어 싸:. 야:는 한번 멀: 물음 평상 절:대 그만 두덜 않은게.

56

"그건 말여 '곧 없:어져뻐릴지도 몰:른단' 소리구만."
"제: 꽃이 곧 없:어져뻐릴지도 몰:른다고요?"
"아:믄."
"내 꽃이 한철이라고." 에린 왕자가 혼찻말을 혔어. "그리고 갸:는 까:시 네: 개만 갖고 시:상으로부터 지:를 지켜야 허잖여! 글고 난 갸:를 우리 벨:에 혼차만 놔:뒀고!"

첨:으로다 에린 왕자는 떠난 걸 후회혔어. 그려도 다시 정신을 채렸디야.

"지:가 어:딜 가 보믄 쓰것어요?" 야:가 물:었어.

"지구로 가 봐: 바." 지리학자가 대:답혔어. "거근 사:램이 솔:찬히 쌨:은게."

그러고 에린 왕자가 떠난 것이여, 지: 꽃을 생각험선.

16장

그런게 일곱 번째 행성은 지구였던 거여.
　지구는 걍: 행성이 아니구만! 왱이 백 허고도 열한 명 있고(이건 당연히 흑인도 신: 것이여), 지리학자가 칠천 명, 사업가가 구십만 명, 술꾼이 칠백쉬훈만 명, 허영쟁이가 삼억 천백만 명, 말:허자믄 어:른이 거진 이:십억 명이나 있단 것이여잉.
　지구가 얼:마나 널른가 자네들헌티 좀 이해를 시기 주자믄 전:깃불이 들어오기 전꺼정 대:륙 여섯 개에 다: 합쳐서 불 쓰는 사:램이 군단으로다가 사:십육만 이:천오백열한 명이 있어야 됐단게.
　쬠: 멀:리서 보믄 경:장히 멋있어. 이 군단이 움직이는 것이 꼭 오페라에서 발레춤 추는 거 맹이로 손발이 척:척 맞은게. 맨 첨:은 뉴질랜드랑 호주서 불 쓰는 사:람들 차례여. 등불을 쓰고 나믄 인자 자러 가. 그러믄 인자는 쭝국이랑 시베리아에서 불 쓰는 사:람들이 지: 대:목을 출 차례제. 그러고 나믄 갸:들도 마찬가지로 무대 뒤쪽으로다가 들어가 버린단게. 그 담:은 러시아랑 인도에서 불 쓰는 사:람들이 춤을 출 차례고. 그 담:은 아프리카랑 구라파서 불 쓰는 사:람들. 그 담:은 남미. 그 담:은 북미에 있는 사:람들. 무대로 들어오는 순:서를 절:대로 틀리딜 않아. 경:장허지.
　북극에 딱: 한 사:람뿐이 없:는 등불 쓰는 사:램이랑 그 반대로 남극에 딱: 한 사:램 있는 등불 쓰는 사:람만 한갓지고 게으른 인생을 살아. 갸:들은 일 년 가야 딱 두: 번만 일:허고 만:게잉.

17장

사:램이 재미난 얘:길 허고 잪을 적엔 그:짓말도 쫌 허게 되는 것이여. 불 쓴 사:람 얘:기로 말:허자믄 난 그릋게 정직허덜은 못: 혔어. 우리 벨:을 잘 몰:른 사:람헌티 그:짓 인상을 줄 각오를 혔:구만. 사:람들은 사:실은 지구서 경:장히 쩨:깐헌 자리만 차지허고 있어잉. 만약 지구에 사는 사:람 이:십억 명이 전부 모임허는 것 맹이로 모다 붙어 서믄 가로로 수무 마일, 세로로 수무 마일 된 운:동장으다 다: 몰:아넣을 수 있단게. 태평양서 젤:로 쩨:깐헌 섬:으다 다: 몰:아넣을 수도 있다 그 말이여.

어:른덜은 당연히 자네를 믿덜 않을 것이여. 그 냥:반들은 자기들헌티 자리가 많:이 있어야 헌다고 생각헌게로. 저그들을 바오밥 맹이로 중요헌 걸로 보는 것이제. 그런게로 그 냥:반덜헌티 간단허게 계:산을 혀: 보시라고 말:씀드리는 것도 갠찮을 거여. 그 냥:반들은 숫:자를 좋:아허잖아. 그게 어:른덜을 젤:로 기쁘게 헌단게. 근디 그런 재미 한:테기도 없:는 일: 갖고 시간을 베리덜 말:아. 그건 씨잘 데 없:은게. 날 믿어도 되아.

에린 왕자가 지구에 떨어졌을 때 아:무도 뵈:덜 않은게 솔:찬히 놀:랬어. 갸:가 이 벨:이 아닌 개비: 험서 걱정을 허고 있는디 달빛 깔에 고리 맹이로 생긴 먼:가가 목새 아래서 움직거리는 거여.

"안녕." 에린 왕자가 혹시 모:른게 인사를 혔:어.

"안녕." 배암이 인사를 혔:어.

"나 지금 으:떤 벨:에 떨어진 거냐?" 에린 왕자가 물:었어.

"지구여, 아프리카로구만." 배암이 대:답혔어.

"아아, 글:믄 지구엔 아:무도 안 사는 갑만?"

"여그는 사막이여. 사막엔 아:무도 안 살아. 지구는 큰게잉." 배암이 말:혔어.

에린 왕자는 바우 욱:에다 안지 갖고 하늘로다 눈을 쳐들었어.

"난 말이여." 갸:가 그려. "벨:들이 각자 어느 날 지: 벨:을 다시 찾을 수 있게 헐라고 빛난 건가 궁금허구만. 내 벨: 좀 봐: 바잉. 바로 우:덜 욱:에 있잖여. 근디 멀:긴 또 을:매나 머:냐 그 말이여."

"거 이:쁘네 그려." 배암이 말:혔어. "넌 여기 뭣: 허러 왔냐?"

"꽃이랑 쫌: 문:제가 있었구만." 에린 왕자가 말:혔어.

"아이고 저런!" 배암이 그렸어.

그러고 둘: 다: 입을 다물었어.

"사:람들은 으:디 있냐?" 겔국에는 에린 왕자가 다시 물:었어. "사막은 쫌 외롭구만."

"사:람들이랑 있어도 외롭긴 매한가지여." 배암이 말:혔어.

에린 왕자가 갸:를 가만:히 구다봤어.

"너 참 요:상시런 짐성이다잉." 인자 에린 왕자가 말:혔어. "손꾸락 맹이로 가늘허네잉."

"근디 난 왕 손꾸락보덤도 쎄:다잉." 배암이 그렸어.

에린 왕자가 웃:었어. "니:가 글케 쎄:다고잉. 발도 없:잖여. 으:디 가지도 못: 허겄네."

"난 널 어:떤 배보덤도 멀:리 보내 버릴 수도 있구만." 배암이 말:혔어.

갸:가 에린 왕자 발모가지를 금발찌 마냥 감고 돌았어.

"난 누구든 건들기만 허믄 전:부 지:가 첨:에 온 땅으로 보내 버릴 수도 있단게." 갸:가 또 말:혔어. "근디 넌 사:램이 순수헌디다 딴 벨:서 왔구만..."

에린 왕자는 입을 다물고 있었어.

"너 참 요상시런 짐성이다잉." 인자 에린왕자가 말혔어.
"손꾸락 맹이로 가늘허네잉."

"내가 본게 짠:허네잉. 넌 이 딴딴:헌 벨:엔 너무 허약혀. 난:중에 니 벨:이 너무 보고 잪으믄 내가 도와줄 수 있어잉. 내가 멀: 헐 수 있는고 허니…"

"아이고! 알:았단게." 에린 왕자가 그렸어. "근디 넌 왜 수수꺼끼 같은 소리백에 안 허냐?"

"내가 다 알아 맞촤 줄 수 있어." 배암이 말:혔어.

그러고는 둘: 다: 입을 다물었어.

18장

에린 왕자는 사막을 건넜는디 꽃 하나 말:곤 아:무도 마주치덜을 못: 혔어. 꽃잎사구 석: 장에 암:것도 아닌 꽃이었어.

"안녕허제." 에린 왕자가 말:혔어.

"잉, 안녕혀:." 꽃이 말:혔어.

"사:람들이 으:디가 있는가 좀 알:어잉?" 에린 왕자가 에절바르게 물어봤어.

꽃은 언젠가 보따리 장시가 지나간 걸 봤:디야.

"사:람들 말이여? 어:딘가 있을 텐디, 내가 본게 예닐곱 있는 갑만. 몇 년 전에 봤단게. 근디 갸:들을 어:디서 찾아야 헐란가 아:무도 몰:러. 바람이 갸:들을 욍긴게. 갸:들은 뿌렝이가 없:쟎여, 솔:찬히 불펜헐 거여."

"잘 있어잉." 에린 왕자가 말:혔어.

"조:심히 가게잉." 꽃이 말:혔어.

19장

에린 왕자는 높:다란 산에 기어 올랐어. 갸:가 여즉 안: 산이란 게 그저 지: 무르팍 꺼정뱍에 안 오는 화:산 세: 개여. 그나마 사화산 하난 발판으로다 썼은게. "저룽게나 높:다란허니 솟은 산이라믄," 야:가 혼찻말을 혔어. "온 벨:이랑 사:람들을 한 눈에 볼 수 있을 테지." 근디 눈에 뵌: 거라곤 뾔쪽:뾔쪽헌 바우뿐이 없:었어.

"안녕." 혹시 모:른게 야가 그랬어.
"안녕... 안녕... 안녕..." 메아리가 대:답혔어.
"너그들은 뉘기여?" 에린 왕자가 말:혔어.
"뉘기여... 뉘기여... 뉘기여..." 메아리가 대:답혔어.
"나랑 친구 좀 히: 줘, 나 혼차여." 갸:가 그랬어.
"혼차여... 혼차여... 혼차여..." 메아리가 대:답혔어.

'야, 웃:기는 벨:을 다 보겄네!' 그런게 야:가 생각헌 거여. '패:싹 말르고 뻬쪽:헌디다 영: 못: 쓰겄구만. 게다가 사:람덜이 상:상력이라곤 한:테기도 없:단게. 지:들이 들은 걸 그저 숭내만 내 쌓고 말이여. 우리 벨: 꽃은 맨:날 지:가 먼저 말:을 히: 쌓드만...'

20장

목새땅이랑 바우, 눈:을 따라 한:참을 걷:고 나서 에린 왕자는 겔국 질을 하나 만났어. 그러고 질을 따라가믄 사:람을 만날 수 있을 거 아닌 개비.

"안녕." 야:가 말:혔어.

거긴 장미가 양, 겁:나게 핀 뚤팡이었어.

"안녕." 장미들이 말:혔어.

에린 왕자가 야:들을 구다봤어. 지: 꽃이랑 솔:찬히 닮아 뵌게잉.

"너그들은 뉘기여?" 눈이 똥:그래져 갖고 야:가 꽃들헌티 물어봤어.

"우:덜은 장미여." 장미덜이 말:혔어.

"아아!" 에린 왕자가 말:혔어...

그런게 기분을 경:장히 잡친 거여. 야: 꽃이 야:헌티 뭐:라고 했는고 허니, 시:상에 지: 같은 꽃은 지: 혼차라고 혔잖여. 근디 여 보소, 똑:같이 생긴 꽃이 오:천 쇵이는 더 있겄네, 전:부 똑:같이 생겨 갖곤, 이 뚤팡 하나에만도 말이여!

"갸:가 미칠라 그러겄구만." 야:가 혼찻말을 혔어. "이걸 보믄 말이제... 챙피시란게로 겁:나게 지침을 험선 죽을라는 것

'양, 웃기는 벨·을 다 보겄네!' 그런게 야·가 생각헌 거여.
'패:싹 말르고 뾰쪽:헌디다 영: 못: 쓰겄구만.'

맹이로 그럴 거여. 글:믄 난 따독거리는 척이라도 해야 되아. 안 그럼 갸:가 나도 욕 멕일라고 진:짜로 죽어 버릴까 무선게."

그러고 또 혼찻말을 혔어. "난 내가 하나뿐인 꽃을 가졌은 게 부:잔줄 알:았는디 인자 본게 갱: 장미 하나백에 없:었구 만. 갸:랑 내 무르팍 꺼정백에 안 온 화:산 세: 놈, 그 중 한 놈 은 어:쩜 아주 불이 꺼져뻐린가도 몰:르는 거 말이여, 이것들 이 날 경:장헌 왕자로 맨들아 주덜은 않겠구만..." 그리고, 풀 밭 욱:에 자빠져 갖곤 홀짝:홀짝 울:었디야.

21장

그러고 있는디 여:수란 놈이 튀어나온 거여.
"안녕." 여:수가 말:혔어.
"안녕히여." 에린 왕자가 에절 바르게 대:답혔는디, 돌아봐 도 아:무도 안 뵈아.

"여그여." 그 소리가 말:혔어. "사과낭구 밑이란게..."

"넌 누구여?" 에린 왕자가 말:혔어. "아:따, 너 참말로 이:쁘다잉..."

"난 여:수여." 여:수가 말:혔어.

"와서 나랑 좀 놀:게," 에린 왕자가 갸:헌티 부:탁혔어. "시방 맴:이 겁:나게 시리단게..."

"난 시방은 너랑 놀:덜 못: 혀," 여:수가 말:혔어. "질이 안 들었은게로."

"아이고! 미안혀." 에린 왕자가 말:혔어.

근디 가만:히 생각을 허곤 야:가 뭐:라고 허는고 허니, "'질든단'게 먼: 소리여?"

"너 여그 사:램이 아닌 갑만."

여:수가 그려. "뭘: 찾고 있냐?"

"사:람들을 찾는 중이여," 에린 왕자가 그렸어. "'질든단'게 먼: 소리여?"

"사:람들은 있잖냐," 여:수가 그려. "갸:들은 총으로다 사양을 히어. 겁:나게 짜잉난단게! 닥도 질르제잉. 그것 말:고는 관심이 없:단게. 너도 닥 찾고 있냐?"

"아녀." 에린 왕자가 말:혔어. "난 친구를 찾은 중이여. '질든단'게 먼: 소리여?"

"그건 시방은 다:들 까:먹어 버린 것인디잉." 여:수가 말:혔어. "먼: 소린고 허니 '관계를 맨든다' 그 말이여."

"관계를 맨들아?"

"아:믄." 여:수가 말:혔어. "넌 시방은 나헌티 다른 머슴아 십만 명이랑 똑같은 머슴아 하나 아니냐. 근게 난 니:가 필요 없:단게. 그러고 너도 똑:같이 내가 필요 없:잖여. 너헌티 난 다른 여:수 십만 마리랑 똑:같은 여:수 한 마린게로. 근디 있잖냐, 니가 날 질들이믄 말이여, 우:덜은 서루가 서루헌티 필요허게 될 거 아닌가잉. 넌 나헌티 시:상서 하나백에 없:게 되는 것이제. 난 너헌티 시:상서 하나백에 없:게 되는 거고잉..."

"먼: 소린지 알: 거 같구만." 에린 왕자가 그렸어. "꽃이 하나 있는디... 갸:가 날 질들인 거 같여..."

"그럴 수 있제." 여:수가 말:혔어. "지구엔 왼:갖 일:이 다: 일어난게..."

"아, 갸:는 지구에 없:구만." 에린 왕자가 말:혔어.

여:수가 솔:찬히 궁금증이 난 뫼양이여.

"글:믄 다른 벨:에 있간디?"

"그지잉."

"그 벨:에도 사양꾼이 있냐?"

"없:어."

"아:따 그거 좋:다잉! 글믄 닥은?"

"없:어."

"양, 시:상에 완벽헌 건 없:구만." 여:수가 한숨을 폭 쉬:어.

그래도 여:수는 지: 애:기로 다시 돌아갔어.

"난 사:는 것이 심심히어. 난 닥을 쫓고 사:람들은 날 쫓은단게. 닥들은 다 그놈이 그놈이고 사:람들도 다 그놈이 그놈이여. 쫌 싫징이 난단게. 근디 니:가 날 질들이믄 말이여, 사:는 게 다시 해가 비친 거 맹이로 빤짝:빤짝해질 거 아닌가. 난 딴 사:람들 거랑 달분 발자국 소릴 알아듣게 될 것이여. 딴: 발짝 소리는 날 땅 속으로 얼릉 쫓아뻐린다고. 근디 니껀 음악 마냥 날 땅 볶으로 불러낼 거란게. 그러믄 함: 봐: 봐잉! 너 쪄:그, 보리밭 보이냐? 난 빵은 먹덜 않아. 그런게 보린 나헌틴 씨잘데기 없:는 것이여. 말:허자믄 보리밭은 나헌틴 아:무것도 아닌 거제. 참 서운헌 일: 아니냐! 근디 니 머리털이 금색 아닌가 말이여. 그런게 니:가 날 질들이믄 그건 특벨헌 것이 되는 것이여. 보리란 놈은, 금 빛깔인게잉, 니: 생각을 나게 해 줄 거 아닌가 그 말이여. 그러믄 보리밭으로 부는 바람도 좋:아질 거고잉…"

여:수는 말:을 멈추고 에린 왕자를 가만:히 구다봤어.

"부:탁이여… 날 질들여 줘!" 갸:가 그려.

"나도 그러고 잪은디," 에린 왕자가 대:답혔어. "시간이 벨라 없:구만. 친구도 좀 찾아야:고 배울 것도 쌨:단게."

"질을 들여 봐:야만 진짜로 배울 수가 있는 것이여." 여:수가 말:혔어.

"사:람들은 멀: 배울 시간이 더는 없:단게. 점:빵으서 이미 맨들아 놓은 놈이야 사지. 근디 친구를 파는 점:빵은 한 곳도 없은게 시방은 친구 같은 건 있는 사:램이 없:구만. 니가 친구를 새귀고 싶음 날 질을 들이란게!"

"그러믄 어:째야 쓰겄냐?" 에린 왕자가 말:혔어.

"참을성이 있으야 혀." 여:수가 대:답혔어. "첨:에는 나헌티서 쫌: 멀:찍이 떨어져 앉아잉, 요로코롬잉, 풀밭에 말이여. 글믄 난 널 곁눈질로다가 볼건디 암:말도 허믄 안 디야. 말:짓이란 것이 쌔:빠닥 땜시 생기는 거다잉. 근디 그담:에 매일 같이 넌 나헌티 가차운 디다 앉게 될 것이여."

그담: 날 에린 왕자가 다시 왔어.

"똑:같은 시간에 오는 것이 젤:로 좋:겄구만." 여:수가 말:혔어. "에를 들어 니가 오후 네: 시에 온다 허믄 난 세: 시부텀 기분이 좋:아질 것이여. 시간이 가믄 갈수락 더 좋:아질 거고잉. 네: 시가 딱 되믄 인자 난 벌써 안달이 나 갖곤 걱젱을 헐 것이여. 행복이 얼:매나 값진 것인가 알:게 될 거란게! 근디 니가 암:때나 오믄 말이여, 언:제 준비를 혀야 쓸란가 내가 알:수가 없:지 않냐 이 말이여. 으:례가 있어야 되는 벱이여."

"으:례가 뭐:여?" 에린 왕자가 말:혔어.

"것도 시방은 안: 사:램이 벨라 없:는 건디." 여:수가 말:혔어. "하루를 딴 날이랑, 어떤 시간을 딴 시간이랑 달부게 맨들아 주는 거구만. 에를 들어 사양꾼들 헌티도 으:례가 있어잉. 갸:들은 목요일마덤 말: 처자들이랑 춤을 춘다잉. 그런게 목요일은 훌:룽헌 날이제! 내가 포도밭꺼정 마실 나가도 암:시랑도 안 헌게. 근디 사양꾼들이 아무날에나 춤을 춰 싸:믄 어떻게 되겄냐, 그 날이 그날 같은게 난 하루도 쉬:덜을 못: 헐거 아닌 개비."

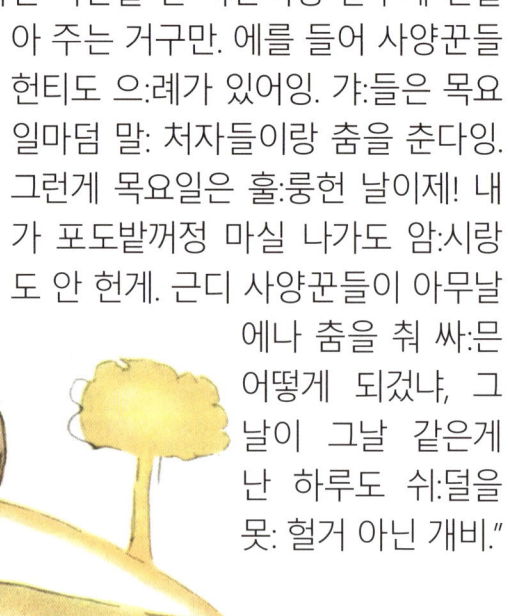

"예를 들어 니가 오후 네 시에 온다 허믄 난 세 시부텀 기분이 좋아질 것이여."

그렇게 에린 왕자가 여:수를 질을 들인 것이여. 떠날 시간이 됐어.

"아이고메!" 여:수가 말:혔어. "나 울: 거 같다잉."

"니 잘못이여." 에린 왕자가 말:혔어. "난 널 해:꼬지 헐 생각이 없:는디 니:가 나헌티 질을 들이라고 헌게 이롷게 된 거 아니냐."

"그지잉." 여:수가 말:혔어.

"근디도 울: 거 같간!" 에린 왕자가 말:혔어.

"아:믄." 여:수가 말:혔어.

"그러믄 이게 먼: 쇠용이 있가디!"

"쇠용 있단게." 여:수가 말:혔어. "보리 빛깔이 있잖여."

그러고 또 말:혔어.

"가서 그 장미들 한 번 더 보고 와 봐잉. 글믄 니: 장미가 시:상에 하나뿐이 없:단 걸 알:게 될 것인게. 그러고 니:가 나헌티 인사허러 오믄 선:물로다 비:밀을 하나 알려 줄 텐게."

에린 왕자는 장미들을 다시 보러 갔어.

"너그들은 내 장미랑 한:테기도 안 닮았어잉, 아:무것도 아니란게." 에린 왕자가 갸:들헌티 말:혔어. "너그들은 질들인 사:람도 없:고 니:들이 질들인 사:람도 없:은게잉. 너그들은 에:전에 우리 여:수 같은 거제. 갸:는 다른 여:수 십만 마리랑 똑:같은 여:수 한 마리였은게잉. 근디 갸:를 내 친구로 맨든게나 시방은 시:상에 하나백에 없:게 됐단게."

그니깐 장미들이 솔:찬히 열적어 혔:어.

"너그들은 이:쁘장허긴 헌디 쇡:이 텅:텅 볐:구만." 갸:가 다시 장미들헌티 말:혔어. "아:무도 너그들 대신 죽을라고 허도 않을거여. 물론 내 장미도 누가 지나가다 보믄 너그들허고 닮았다고 생각을 헐 테지. 근디 나헌티는 갸: 하나가 너그들

몽:땅 합친 것보덤도 더 중:혀. 왜냐믄 내가 물을 찌끄러 준 게 갸:인게. 뚜껑을 두집아씌와 준 것도 갸:인게. 벵:풍으로다 막아 준 것도 갸:잖여. 벌거지를 잡아 준 것도 갸: 아닌가 말이여 (나:부가 있으야 된게 두: 뇜이나 세: 놈은 놔:뒀구만). 앙알거린 거 자랑질헌 거 암:말 않은 것꺼정 들어준거, 그것도 갸:잖냐. 왜냐믄 갸:가 내 장미인게로."

그리고 인자 여:수헌티 다시 왔어.

"잘 있게잉." 야:가 말:혔어.

"조:심히 가잉." 여:수가 말:혔어. "내 비:밀은 이거여. 겁:나게 간단헌 거다잉. 맴:으로 볼 적에만 지대로 볼 수 있는 벱이여잉. 중요헌 건 눈에 안 뵈아."

"중요헌 건 눈에 안 뵈아." 에린 왕자가 까먹덜 않을라고 따라혔어.

그리고, 풀밭 욱:에 지삐저 갖곤 흘짝:흘짝 울:었디야.

"니: 장미를 그릏게 특벨허게 맨들어 준 건 니:가 니: 장미헌티 들인 시간이여."

"내가 내 장미헌티 들인 시간..." 에린 왕자가 까먹덜 않을라고 말:혔어.

"사:람들은 이 진리를 다 까먹어뻐렸단게." 여:수가 말:혔어. "근디 넌 이거 까먹어 버림 못: 쓴다잉. 니:가 질들인 거엔 항:시로 책임을 져야 되는 벱이여. 넌 니: 장미를 책임져야 된다 그 말이여..."

"난 내 장미를 책임져야 되아..." 에린 왕자가 따라혔어, 안 까먹을라고.

22장

"안녕허셔요." 에린 왕자가 말:혔어.

"응, 왔는가." 철도원이 말:혔어.

"여그서 뭘: 허고 계셔요?" 에린 왕자가 말:혔어.

"나그네들을 천 명씩 노느고 있어잉." 철도원이 말:혔어. "나그네들을 태운 기차를 어떤 놈은 오른쪽으로 어떤 놈은 외약쪽으로 보내는 거제."

그럴 적에 불을 훤:허게 쓴 급행 열차가 천둥 치는 것 맹이로 우르르 험선 철도원 오두막을 흔들고 갔어.

"솔:찬히 급헌 뫼양이네요." 에린 왕자가 말:혔어. "뭘: 찾고 있가니 저러는 거래요?"

"기관사도 그걸 모:를 것이여." 철도원이 말:혔어.

또 둘:째 급행 열차가 훤:히 불을 씀선 까꿀로 우르르 허고 가.

"벌써 돌아왔는 갑죠?" 에린 왕자가 물:었어.

"똑:같은 놈이 아니여." 철도원이 말:혔어. "달븐 놈이란게."

"지:들이 있던 곳으선 벨라 행복허덜 않았는 갑구만요?"

"지:가 있는 곳서 만족헌 사:램이 있가디." 철도원이 말:혔어.

또 불을 훤:허게 쓴 세: 번째 급행 열차가 우르르 지나갔어.

"저 냥:반들은 첨: 지나간 냥:반들을 쫓아간 거래요?" 에린 왕자가 물:었어.

"쟈:들은 시방 암:것도 안 쫓아." 철도원이 말:혔어. "다: 저 안서 어:떤 사:람은 퍼질러 자고 어:떤 사:람은 하품이나 허고 있것제. 애:들만 안 자고 봉창으다 지:들 코를 쳐박고 있는 벱이여."

"애:들은 지:들이 뭘: 찾는지 안:게요." 에린 왕자가 말:혔어. "애:들은 흥:겊때기 인형으다가도 시간을 쓸 수 있구만요. 그러믄 인형이 경:장히 중요해진게로 딴 사:램이 그걸 뺏어가믄 우:는 거 아녀요..."

"애:들은 참 복도 많아잉." 철도원이 말:혔어.

23장

"안녕허셔요." 에린 왕자가 말:혔어.

"응, 어여 와." 생인이 말:혔어.

이 사:람은 갈증난 걸 까라앉힌 데 좋:은 약을 파는 생인이여. 하날 생키믄 일주일은 뭘: 안 마셔도 갠찮단게.

"이걸 뭣:에다 쓸라고 팔아요?" 에린 왕자가 말:혔어.

"시간을 겁:나게 애낄 수 있제." 생인이 말:혔어. "전문가덜이 계:산을 혔어. 일주일에 오:십삼 분을 애낄 수가 있디야."

"글믄 그 오:십삼 분을 갖고 뭘: 허가니요?"

"지:들이 허고 잪은 걸 허제."

"나 같음 말여." 에린 왕자가 혼찻말을 혔:어. "오:십삼 분이 남으믄 기양 슬:슬 시암으로 걸:어가겄구만."

24장

인자는 내 뱅:기가 사막에 떨어져뻐린지 야드레가 되는디 남은 물 마지막 한 모금을 마심선 이 생인 얘:기를 들은 거여.

"아:따!" 내가 에린 왕자헌티 말:혔어. "참: 재미나구만잉, 니 얘:기, 근디 난 여즉도 뱅:기를 고치도 못: 헌디다 인자는 물도 다 떨어져 버렸고잉. 나도 양, 슬:슬 시암으로 걸:어갈 수 있음 좀 좋간!"

"내 친구 여:수가 그랬는디..." 갸:가 나헌티 그려.

"아이고 아:가, 그건 여:수랑은 아:무 상관 없:는 거란게!"

"왜요?"

"목 말라 죽게 생겼은게 그런 거잖냐..."

야:는 내가 댄 이유를 이해를 못: 허는 양 허드만 나헌티 그러데.

"우:덜이 곧 죽는다 혀:도 친구가 있던 건 좋:은 일이구만요. 지:는요, 여:수가 지 친구였단게 참: 좋:단게요."

"야:는 시방 을:매나 위험헌가 몰:른 갑만." 내가 혼찻말을 혔어. "야:는 배도 안 고프고 목도 안 말른게잉. 벹만 좀 들믄 그만인 개비."

근디 야:가 날 구다보드만 내 생각에 대:답을 헌 거여.

"나도 목 말르단게요... 같이 시암을 좀 찾아보게요."

나는 대간허단 듯 손짓을 혔:어. 사막 한: 가운디서 갑재기 시암을 찾는다니 그게 뭐: 허는 짓이여. 근디 아무튼 가 보자고는 혔:구만.

한 몇 시간 암:말도 안 허고 걸:은게 깜깜:해지드만 벨:이 뜨기 시:작허데. 고것들이 꼭 꿈 속:인양 보인:디 아마 목이 말른게 쪼:매 열이 난게 그랬던 개비여. 에린 왕자가 헌 말:이 내 머리 속:으서 춤을 췄어.

"그니까 너도 목이 말르다 그 말이여, 그쟈?" 내가 야:헌티 물었어.

근디 야:는 내가 물:어본 거엔 대:답을 안 히여. 기양 이 말:만 허데.

"물도 맴:에 좋:을 수가 있단게요..."

야:가 먼: 소릴 허는가 이해는 못: 허겄는디 걍: 가만:히 있었어... 인자는 물:어봐 봤:자 씨잘 데 없:단 걸 안:게로.

야:가 인자 대간혀진 거여. 맥:읎이 주저앉데. 난 야: 옆으다 앉았고. 야:가 말:을 않다가 다시 말:을 혔:어.

"벨:이 이:쁘장헌 건 우:덜 눈에 안 뵈:는 꽃 땜시 그런 거구만요."

난 대:답을 혔지. "그지잉." 글고 말:없이 목새가 달 밑으서 물결 친 걸 봤:구만.
　　"사막은 이:쁘단게요." 갸:가 그려.
　　진짜였단게. 난 항:시 사막을 좋:아혔어. 목새 어덕 우:에 앉음 말이여. 암:것도 안 뵈아. 암:것도 안 들리고잉. 근디도 먼:가는 침묵 속으서 빤짝거린단게…
　　"사막이 이:쁜 건요." 에린 왕자가 말:혔어. "고 안으다 시암을 슁키고 있은게 그런 거구만요."
　　난 목새가 비:밀시랍게 빤짝거린 것이 뜽금없이 이해가 된 게 깜:짝 놀:랬어. 내가 쪼:깐헐 적에 낡은 집서 살:았는디 집 안 어:딘가에 보:물이 있단 얘:기가 있었어. 물론 그걸 찾아낸 사:람은 없:지마는. 아마 찾아볼 생각도 못: 히 봤:을 것이여. 그려도 그 얘:기는 온: 집을 신비스럽게 느껴지게 혔:단게. 말:허자믄 울: 집은 속: 짚은 디다 비:밀을 슁킨 거제.
　　"그려." 내가 에린 왕자헌티 말:혔어. "집이든 벨:이든 사막이든 간에 아름답게 맨들아 주는 건 눈에 안 뵈아!"
　　갸:가 그려. "아자씨가 우리 여:수 말:이 맞다고 헌게 기분이 좋:네요잉."
　　에린 왕자가 잠이 든게 난 갸:를 팔으다 보돔아 갖고 다시 질을 떠났어. 가심이 벌렁벌렁:허드만. 까:딱허믄 뿌서져뻐릴 거 같은 보:물을 욍기는 거 같더란게. 온: 시:상에 야:보다 더 약헌 놈은 없:을 거 같은 거여. 난 달빛이랑 야: 흐연헌 이마빡이랑 깜:은 눈이랑 바람에 날린 꼬시랑머리를 보고 혼찻말을 혔:어. "여그서 본 건 걍: 껍닥이여. 젤:로 중요헌 건 눈에 안 뵌게잉…"
　　야: 입술이 반:쯤 열리 갖곤 실:실 웃:을 적에 속:으로 생각혔어. '이 자고 있는 에린 왕자가 날 그릏게나 벌렁벌렁:허게

야?가 웃?어 쌓드마 사내끼를 잡고 도르래를 움직거렸어.

맨드는 거, 그게 뭐:고 허니, 꽃 한 쇵이에 뵈:준 충실헌 맴:이여. 자고 있을 적 꺼정도 장미으 모습이 호롱불 맹이로 야:맴: 속:에 빤짝거린 것이여.' 그런게 야:가 더욱더 뿌서질 거 같이 뵈:는 거여. 등잔불은 잘 지키야 쓰는 벱이제. 바람이 쪼:매만 불어도 호롱불을 꺼칠까 무선게...

그러고 걷:다가 드디어, 해 떠올를 적에 시암을 찾았어.

25장

"사:람들은 있잖애요." 에린 왕자가 말:혔어. "급행 열차에 타믄서도 지:가 멀: 찾고 있는지 인자는 모:른단게요. 걍: 불안헌게로 안절부절험선 뺑글뺑글 돌고 있는 거죠잉..."

그러드만 말:을 잇었어.

"그게 뭣: 허는 짓이래요잉."

우리가 찾은 시암은 사하라 사막에서 곧 잘 뵈:는 시암이랑은 달븐 놈이었어. 보:통 사하라 사막으 시암이란 것이 목새 우:에 걍: 파 놓은 구녁 맹이여잉. 여그 놈은 마을에 있는 시암이랑 똑:같드만. 근디 여근 가차운 디 마을이 없:은게로 난 내가 꿈을 꿘가 했단게.

"신통허네요." 에린 왕자가 나헌티 말:혔어. "있을 건 다 있구만요. 도르래랑, 두름박이랑, 산내끼랑..."

야:가 웃:어 쌓드만 산내끼를 잡고 도르래를 움직거렸어. 그런게 바람이 오랫동안 자다가 다시 불: 적에 팔랑개비가 삐걱거리는 것 맹이로 삐걱거린 소리를 내아.

"들리죠잉." 에린 왕자가 말:혔어. "우리가 이 시암을 깨운게 야:가 노래를 허네요."

80

난 야:가 힘든 일:은 안 혔으믄 쓰겄드만.

"나헌티 줘: 바." 내가 말:혔어. "이건 너헌티 너무 무건게잉."

천:천히 두름박을 시암 욱:에꺼정 올렸어. 그러고 자빠지덜 않게 똑:바로 났어. 귓구녁엔 도르래가 부른 노래가 울리는디 여즉도 흔들린 물 욱:에 햇빛이 빤짝거리드만.

"나 그 물 좀 마시고 잪구만요." 에린 왕자가 말:힜어. "쫌만 주셔요..."

인자 야:가 멀: 찾고 있는가 알:겄더라고.

두름박을 야: 입에다 갖다 댔:어. 눈을 깜곤 물을 마시데. 그런게 잔치 맹이로 좋아. 이 물은 걍: 음:식이 아닌 거제. 벨: 아래서 걸:은 걸음, 도르래가 불른 노래, 글고 야:를 보듬던 내 폴서 난 것인게잉. 맴:에도 좋:은 거여, 선:물 맹이로. 나 쪼:깐헐 띠 성탄절 낭구서 빤짝거린 빛이랑, 성탄 밤 미사 음악이랑 보드라운 웃음 소리가 나 받은 성탄 선:물을 밝게 맨든 거랑 같은 거제.

"아자씨네 사:람들은요." 에린 왕자가 말:혔어. "뚤팡 하나에 장미 오:천 쇵이를 질루죠잉... 자기들이 찾는 걸 찾도 못: 허고요."

"어어, 못: 찾는구만." 내가 대:답혔어.

"근디도 그 냥:반덜이 찾을란 건 장미 한 쇵이나 물 요맨:큼서도 찾을 수가 있단게요..."

"글지잉." 내가 대:답혔어.

에린 왕자가 말:을 잇었어.

"근디 그 냥:반들은 보덜을 못: 헌게요. 맴:으로 찾아야 되는 벱이란게요."

난 물을 마셨어. 인자 숨:을 쫌 쉬:겄드만. 목새는 해 뜰 적엔 꿀 빛깔이 나. 나도 그 꿀 빛깔에 기분이 좋:았어. 뭐: 땜시 이르케 맴:이 아파야 되냔 말이여...

"약속헌 거 꼭: 지키게요." 다시 내 옆에 앙거서 에린 왕자가 보드랍게 말:혔어.

"먼: 약속?"

"있잖애요... 내 양:헌티 줄 입막애 말여요... 내 꽃헌티 책임을 지:야 된게요!"

난 봉:창서 덜: 그:린 그:림을 꺼냈어. 에린 왕자가 이걸 보드만 웃:음서 그려.

"아자씨 바오밥이 꼭 배차 맹이로 생겼네요..."

"뭣:이여!"

난 내 바오밥낭구에 겁:나게 자신이 있었단 말이여!

"아자씨 여:수 좀 봐요... 귀때기가... 쪼:매 뿔따구 같구만요... 그리고 너무 질:다란허고요!"

그러고 다시 웃:어 싸:.

"아가, 글케 말:허믄 쓰가디, 난 보아 배암 속:이랑 배깥백에는 그:릴 줄 안: 게 없:지 않냐."

"아:따! 갠찮애요." 야:가 말:혔어. "애:들은 이해헐 거여."

그래서 입막애를 그:려 줬:어. 그걸 야:헌티 줄란게 맴:이 좀 거시기허더라고.

"너 나헌티 뭐: 슁키고 있쟈:...."

근디 야:는 내 말:엔 대:답을 안 히어. 그러드만 그려.

"있잖애요, 나 지구에 온 거... 내일이믄 일 년이 되아요."

그러고 죄용:히 있다가 또 그려.

"여그서 가차운 디 떨어졌단게요."

그런게 얼골이 뿔그롬:해지데.

그러고 난게 왜 그런가는 잘 모:르겠는데 암튼 또 요:상시랍게 맴:이 씨린 거여. 근디도 하난 좀 물:어야 쓰겄드만.

"글:믄 말이여, 내가 너랑 새복에 만났을 적에 있잖냐, 그게 어:쩌다 그른 게 아니란 거네, 야드레 전에 여그 그러코롬 걸어오지 않았냐, 너 혼차 말이여, 사:람 산: 디서 수:천 리는 떨어진 곳에 말이여! 그게 너 떨어진 디 온 것인 갑네?"

에린 왕자는 또 얼골이 뿔그롬:해졌어.

나는 망설이믄서 말:혔어.

"아매 일 년 되는 날인게 그랬는 갑다잉...?"

에린 왕자는 다시 얼골이 뿔:그롬해졌어. 갸:는 내가 묻:는 건 절:대 대:답허는 벱이 없:는디 얼골이 뿔:그롬해지믄 그건 맞단 소리여, 그잖여?

"아이고야!" 갸:헌티 그렸어. "나 무섭다잉..."

근디 야:가 나헌티 대:답을 혔어.

"시방 일: 허러 가셔야겄구만요. 아자씨는 다시 뱅:기로 가셔요. 난 여그서 지달릴란게. 내일 깜깜해질 적에 여그로 다시 외게요..."

근디 난 한:테기도 맴:이 안 놓이드라고. 여:수가 생각나드만. 질이 들라믄 쪼:매 울: 각오도 히:야 허는 벱이여.

26장

시암 옆에는 거진 무너진 낡은 다무락이 있었어. 담:날 저녁에 일: 마치고 다시 올 적에 주먼:치서 본게 에린 왕자가 그 욱:에 다리를 대롱거림선 올라 앉었어. 그리고 갸:가 뭐:라고 허는 게 들리드만.

"너 기억 안 나냐?" 갸:가 그려. "딱: 여그는 아니란게!"

딴 목소리가 틀림없이 갸:헌티 대:답을 혔어, 왜 그런고 허니 갸:가 또 대:답을 허드만.

"아, 그려! 날이야 오늘이 맞제, 근디 여그가 아니라고..."

난 다무락꺼정 계:속 걸:었어. 여즉도 아:무도 안 뵈:고 아:무 소리도 안 들리드만. 근디 에린 왕자가 다시 대:답을 허네.

"... 아:믄. 목새 욱:에 내 발자국이 으:디서 시:작됐는가 볼 수 있을 거란게. 넌 거그서 날 기둘리기만 허믄 되아. 오늘 밤에 글로 갈 텐게."

난 다무락서 이:십 미터 떨어진 곳에 있었는디 여즉도 뵈:는 놈은 없:었어.

에린 왕자가 입을 다물고 있다 또 말:혔어.

"너 독 좋은 놈으로 갖고 있지? 질:게 안 아픈 거 확실허냐?"

난 맴:이 시려 갖고 그 자리에 섰는디 먼: 소린가는 이해를 못: 허고 있었어.

"시방은 걍: 가라고." 갸:가 그려. "나 좀 내려가고 잪은게."

그런게 다무락 밑을 봤는디, 깜:짝 놀래 갖고 양, 펄:쩍 뛰었어. 거그 에린 왕자 쪽으로다 몸을 딱: 쳐든 놈이 있는디 자네덜을 삼십 초 안짝으로 쥑일 수 있는 노:런 배암 한 놈이 있었어. 권총을 뽑을라고 내 조마니 속:을 뒤짐선 얼른 뛰:갔는디 발짝 소리가 난게 이 배암이란 놈이 목새 속:으로 없:어져뻐렸어. 물이 패:싹 말라 버리는 것 맹이로 벨라 서두르도 않고 쇳소리를 쫌 내믄서 독 새백이로 미끄라지데. 나는 다무락에 가 갖고 우리 쩨깐둥이 왕자를 내 팔으다 포도:시 받았는디 눈: 맹이로 흐연허게 질렸어.

"시방 이게 뭔: 일이다냐! 너 시방 배암이랑 얘:기를 허는 거여!"

나는 야:가 항:시로 둘르고 댕긴 목도리를 풀어 줬어. 야: 관자를 씨쳐 주고 물도 멕였어. 그러고 난게 시방 갬:히 멀: 묻:

84

"시방은 걍: 가라고." 걔:가 그려. "나 좀 내려가고 잪은게"

덜도 못: 허겄드만. 야:가 날 가만:히 보더니 지: 팔을 내 목으다 둘러. 총에 맞아 갖고 숨:이 꼴딱꼴딱허는 그런 새: 맹이로 야: 심장이 펄떡거린 것이 느껴졌어. 갸:가 나헌티 그려.

"뱅:기가 뭐가 말:썽이었는가 찾았은게 지:도 기분이 좋:구만요. 인자는 집에 갈 수 있겄네요."

"너 그걸 어:치케 알:았냐!" 난 내 일:이 엉:뚱깽뚱허게 성공혔단 걸: 막: 알려줄라던 참이었단 말이여!

야:는 내 말:에 대:답은 안 허고 또 말:혔어.

"나도 있잖애요, 오늘, 집에 갈라고요…"

그리고 서러운 양.

"거긴 헐:씬 더 멀:은게… 헐:씬 더 어려울 거구만요…"

먼:가 요:상시런 일:이 벌어질 거란 걸 느낄 수가 있었어. 야:를 쩨:깐헌 애기 마냥 팔에다 보듬는디도 꼭: 야:가 구렁창으다 빠져 버린게 다시는 건지덜 못: 헐 것만 같더란게…

야: 얼굴이 먹칠을 헌 양 거무야 갖곤 지: 생각에 빠:졌어.

"나 아자씨 양: 있잖애요. 양: 들어갈 종이깍도 있고. 입막애도 있어요잉."

그러곤 서:러운 양 웃:어 싸:.

난 한참을 지달렸어. 야: 몸이 조금썩:조금썩 다시 따수워지는 거 같드라고.

"아가, 너 겁이 났구만…"

야:믄, 겁이 났겄제! 근디 또 보드랍게 웃:더라고.

"오늘 밤은 더 무서울 거 같구만요…"

다시 한 번 돌이킬 수 없단 생각에 몸이 굳어 버린 것 같애. 그러고 다시는 야:가 웃:어 싼: 걸: 못: 듣는다 생각이 든 게로 맴:이 시리단 걸: 시방에사 이해허게 된 거여. 그건 나헌티는 사막으 시암 맹이었은게.

"아가, 니: 웃:은 걸 다시 한 번 들으믄 쓰겄다..."

근디 야:가 나헌티 그려.

"오늘 밤이믄 일 년째 되아요. 내가 작년에 떨어진 곳 바로 욱:에 내 벨:이 올 거여..."

"아가, 그 배암이랑 약속, 만남, 벨: 그거 다 악몽이지, 안 그냐...?"

근디 야:는 내가 물:어본 것에는 대:답을 안 혔어. 나헌티 뭐:라고 허는고 허니, "중요헌 건 눈에 안 뵈아요."

"그려..."

"그건 꽃도 매한가지여. 아자씨가 어떤 벨:에 사는 꽃 한 쇵이를 좋:아허믄 밤에 하늘을 구다보는 게 참 좋:아질 거요잉. 왼:갖 벨:들이 다 꽃 피는 것 같을 거구만요."

"아:믄..."

"물도 마찬가지고요. 아자씨가 나헌티 준 물은 꼭: 음악 소리 맹이였잖애요, 도르래랑 산내끼 땜시... 알:죠잉... 경:장히 좋:았단게요."

"그지잉..."

"밤이믄 벨:들을 올레다 봐: 바:요. 내 벨:은 너무 쩨:깐헌게 어디 백힜는가 뵈:주기가 에루와요. 근디 그게 더 낫아요. 내 벨:은 아자씨헌틴 저 벨:들 중 하나일 거 아닌 개비. 그런게 왼:갖 벨:들을 올레다 보믄 좋:을 거여. 저것들이 전:부 아자씨 친구가 될 것인게. 그나저나 아자씨헌티 줄 선:물이 있구만요."

야:가 다시 웃:어 싸:.

"아이고 아가, 너 웃:은 거 들은게 좋:구만!"

"고것이 내 선:물이란게요. 물이나 마찬가지인 거죠잉..."

"그게 뭔: 소리여?"

"다른 사:람들도 벨:이 있지만은 다: 똑:같은 놈은 아녀요. 질 떠난 사:람헌티 벨:은 길잽이죠. 딴 사:람헌틴 걍: 빤짝거린 쩨:깐헌 것들이고요. 글 많:이 읽은 사:람헌티는 문:제일 거구만요. 우리 그 사업가헌티는 금으로 된 거고요. 근디 그 냥:반들 벨:들은 다 죄용허죠. 아자씨는요, 다른 사:램이 아:무도 안 가진 벨:들을 갖게 될 거란게요..."

"먼: 말:을 헐라 그런 거여?"

"밤에 하늘을 올레다 보믄 내가 저것들 중 하나 욱:에 있을 것인게, 내가 저것들 중 한 놈 욱:에 웃:고 있을 텐게로, 아자씨 헌틴 왼:갖 벨:들이 다 웃:어 쌓는 것 같을 것 아녀요. 아자씨는 웃:을 줄 아는 벨:들을 갖게 된 거란게요!"

야:가 또 웃:었어.

"그러고 위로 받을 적이믄(우리는 항:시로 위로 받죠잉) 날 알:고 있은게 기분이 좋:을 거구만요. 아자씨는 쭉: 내 친구일 테고. 나랑 같이 웃:고 잪을 거여. 그런게 가:끔은 꾸굴진 마음을 좀 달갤라고 봉:창을 열 테죠잉... 그러고 하늘을 올레다 봄:선 웃:어 싸믄 아자씨 친구들이 깜:짝 놀:랠 거여. 글:믄 그 냥:반들헌티 그려요. '어어, 벨: 있잖냐, 저것들이 날 글:케 웃:긴다잉!' 글믄 그 냥:반들은 아자씨가 정신 너갱이 빠:졌다고 생각을 헐 테죠. 내가 아자씨헌티 솔:찬히 못: 쓰는 장난을 친:가도 모르겄어요..."

그러고 또 웃:어.

"근게 꼭: 내가 벨: 대신에 웃:을 줄도 아는 쩨:깐헌 종을 한 무데기 준 것 같겄네요..."

그러곤 야:가 또 웃:어. 근디 또 진지해져 갖곤 그러는 거여.

"오늘 밤에는요... 알:죠잉... 오지 말게요."

"난 너 혼차만 놔:두진 않을 거여."

88

"겁:나게 아파 죽을란 것처럼 뵐: 건디... 죽어뻐린 것처럼 뵐: 수도 있어요. 그럴 테죠잉. 그런 건 보러 오덜도 말어요, 씨잘데기 없:은게..."

"난 너 혼차만 놔:두진 않을 거여."

근디 야:가 꺽정시러웠던 개벼.

"왜 이릏게 말:허는고 허니... 배암 땜시 그려요. 그 뇜이 아자씨를 깍: 깨물깜:슨게... 배암이란 놈은 승:질이 못: 됐단게요. 걍 재미 삼아 물기도 허잖애요..."

"너 혼차만 안 놔:둘 거란게."

근디 먼:가가 야:를 납득 시킨 뫼양이여.

"허기야 두: 번 물: 독까정은 없:을 테지..."

그날 밤에 야:가 없:어진 건 보덜을 못: 혔어. 소리 없이 없:어졌드라고. 야:를 다시 찾고 본게 결심을 헌 양 빠른 걸음으로 다 가고 있었어. 나헌티 이 말:만 혔:어.

"아:따! 왔네요잉..."

그러드만 내 손을 잡아. 근디 여즉도 걱정이 된 개벼.

"잘못헌 거여. 맴:이 아풀 텐디. 죽어뻐린 거 맹이로 뵐 수도 있는디 진짜 그런 건 아녀요잉..."

난 암:말도 안 혔어.

"이해허시게요. 거긴 겁:나게 멀:구만요. 이 몸뚱아리는 같이 가덜을 못: 해요. 너무 무건게."

난 암:말도 안 혔어.

"근디 이건 걍: 내뻐린 낡은 껍닥 같은 거여. 낡은 껍닥 땜시 서운헐 건 아니잖애요..."

난 암:말도 안 혔어.

야:가 쪼매 힘아리가 없:이 뵈아. 그려도 다시 한 번 노력을 허데.

"갠찮을 거에요, 잉. 나도 벨:들을 올레다 볼 거구만요. 왼:갖 벨:들이 다 녹슨 도르래 맹이일 거여. 왼:갖 벨:들이 나헌티 마실 걸 줄 거란게요…"

난 암:말도 안 혔어.

"겁:나게 재미날 거여! 아자씨는 종 오:억 개를 갖고, 난 시암 오:억 개를 갖는 거죠…"

그러곤 야:도 죄용해졌어, 울:기 시:작했은게로…

"여그여요. 내가 걸:을란게 놔:둬요."

그러곤 무선게 주저앉았어.

야:가 또 말:혔어.

"있잖애요… 내 꽃… 난 갸:헌티 책임이 있구만요! 갸:는 너무 티미혀요. 시:상서 지: 지킨 디 암: 씨잘 데 없:는 우시꽝시론 까:시 네: 개백에 없:잖여…"

나도 인자는 서 있덜 못: 허겄은게로 퍼질러 앉겄구만. 야:가 그려.

"여그네요… 인자 다 됐은게…"

쫌 둔전거리드만 야:가 인:났어. 한 발짝 가드만. 난 꼼:짹을 못: 허겄드라고.

야: 발목에 누리끼리:헌 빛이 뻔:쩍헌게 고걸로 끝이여. 잠깐은 우둑:허니 서 갖곤 움직이덜 않드만. 괴함도 안 질르드라고. 땅바닥 으다 장작 맹이로 맥:읎이 씨러졌어. 목새 땜시 소리도 안 났단게.

27장

그리고 시방은, 그러잉, 벌써 육 년 됐구만… 이 얘:길 난 한: 번도 혀 본 적이 없:어. 다시 본 친구덜은 날 살:아서 본게 솔:찬히 좋:아 허드만잉. 난 맴:이 시렸지만 갸:들헌틴 걍: 이랬어. "대간허구만…"

땅바닥으다 장작 맹이로 맥:읎이 씨러졌어.

시방은 쫌 낫아지긴 혔어. 다시 말:허자믄... 완전히는 아니란 거제. 그려도 난 갸:가 지: 벨:로 돌아갔단 건 확실히 알:았어. 왠고 허니 아칙에 본게 야: 몸뚱아리가 없더라고. 근게 야: 몸뚱아리가 글케 무겁진 않았던 거제... 글고 시방은 컴컴:해지믄 벨: 소릴 듣는 것이 좋더만. 꼭: 종 오:억 개가 우:는 거 맹이여...

근디 이거 보소, 요:상시런 일:이 일어난 거여. 내가 에린 왕자 헌티 그:려준 입막애 있잖여, 것:다가 까죽 꾀뻬를 그:려 준: 걸 잊어번진 거여! 글:믄 절:대로 양:헌티 매아 주덜을 못: 헐 것인디. 그런게 나 스스로 물:은 거여. "갸:네 벨:엔 먼: 일:이 일어났을란가? 어쩌믄 양:이 벌써 꽃을 먹어 버렸을란가도 모:르겄네잉..."

가:끔은 나 혼차서 그려. "그럴 리가 있간디! 에린 왕잔 지: 꽃헌티 매일 밤 유리 뚜껑을 씨와 주잖여, 글고 지: 양:도 잘 보고 있겄지..." 글믄 기분이 좋:아. 왼:갖 벨:들은 또 보드랍게 웃:고 말이여.

가:끔은 또 혼차 일:케도 말:허제. "가:끔은 정신을 똑바로 안 채릴 수도 있을 텐디, 글:믄 끝장이란게! 어:쩌다 밤에 유리 뚜껑을 잊어먹거나 양이 암: 소리 안 내고 깜깜:헐 적에 뛰쳐나갈까 무선게..." 글:믄 종소리가 다: 우:는 소리가 되아...!

이건 참 경:장헌 불가사의여. 나나 나맨치 에린 왕자를 좋:아헌 자네들헌티 어:딘가도 몰른 디서 한 번 보덜도 못: 헌 양: 이 장미를 먹었냐: 말았냐: 헌 것 땜시 시:상이 완전히 틀버뻐린게 말이여...

하늘을 함: 올레다 봐: 바. 생각을 한번 히: 보게잉. "양:이 꽃을 먹은 거여: 만: 거여?" 글믄 그게 을:매나 달분 건가 자네도 알: 수 있을 것인게로...

글고 그게 을:매나 중:헌 것인가 알:아먹는 어:른은 아:무도 없:을 거란게!

이게 뭐:고 허니, 나헌틴 시:상서 젤:로 아름답고 젤:로 맴: 시린 풍경이여. 앞으 쪽으 풍경이랑 똑:같은 뇜이긴 헌디 자네들헌티 지대로 뵈:줄라고 한 번 더 그:린 거여. 여그가 에린 왕자가 지구로 떨어졌다가 없:어져뻐린 거기여잉.

자네가 낭:중에 아프리카 사막으로다 질을 떠날 적에 여글 지대로 알아볼라믄 이 풍경을 꼼꼼허게 살피봐야 되아. 그래서 여그로 지나가게 되믄 말이여, 자네헌티 부:탁 좀 허게잉, 너무 빨리 갈라고 그러덜 말:고, 저 벨: 밑으서 쫌만 지달려 줌 쓰겄네! 그래서 에린 애: 하나가 자네헌티 와 갖고 웃:어 쌓는디 머리크락이 금 빛깔인디다 멀: 물:어봐도 대:답도 안 허믄 말이여, 갸:가 누군가 자네는 알: 거여잉. 그러믄 부:탁 좀 헙시다. 나 혼차 맴: 시리게 놔:두덜 말고잉. 갸:가 다시 왔다고 나헌티 얼릉 펜:지 한 통만 좀 써 주게잉...

»Le Petit Prince« — Edition Tintenfaß

#	Title	Language
1	Malkuno Zcuro	Aramaic
2	Zistwar Ti-Prens	Morisien (Mauritian Creole)
3	Mały princ	Hornjoserbsce (Obersorbisch)
4	Amiro Zcuro	Aramaic (Syrisch)
5	Der glee Prins	Pennsylfaanisch-Deitsch
6	Lisslprinsn	Övdalską
7	Y Tywysog Bach	Cymraeg (Welsh)
8	Njiclu amirārush	Armāneashti
9	Kočnay Shahzada	Pashto (Afghan)
10	Daz prinzelîn	Mittelhochdeutsch
11	The litel prynce	Middle English
12	Am Prionnsa Beag	Gàidhlig (Scottish Gaelic)
13	Li P'tit Prince	Walon
14	Mali Kraljič	Na-našu (Molise Slavic)
15	De kleine prins	Drèents – Nedersaksisch
16	Şazadeo Qıckek	Zazaki
17	Dher luzzilfuristo	Althochdeutsch
18	Die litje Prins	Seelterfräisk (Saterfriesisch)
19	Di latje prins	Frasch (Nordfriesisch)
20	De letj prens	Fering (Nordfriesisch)
21	Chan Ajau	Maaya T'aan (Maya Yucateco)
22	El' Pétit Prince	Picard
23	Be þam lytlan æþelinge	Old English (Anglo-Saxon)
24	U principinu	Sicilianu
25	Ten Mały Princ	Wendisch (Dolnoserbski)
26	El Princhipiko	Ladino (Djudeo-Espanyol)
27	Ël Pëtit Prêce	Picard borain
28	An Pennsevik Byhan	Kernewek (Cornish)
29	Lou Princihoun	Prouvençau (Provençal)
30	Ri ch'uti' ajpop	Maya Kaqchikel
31	O Prinçipìn	Zeneize (Genovese Ligure)
32	Di litj Prins	Sölring (Sylter Friesisch)
33	Al Principén	Pramzàn (Parmigiano)
34	Lo Prinçonet	Lemosin (Okzitanisch)
35	Al Pränzip Fangén	Bulgnaiṡ (Bolognesisch)
36	El Princip Piscinin	Milanese
37	El Principe Picinin	Veneto
38	Ke Keiki Aliʻi Liʻiliʻi	ʻŌlelo Hawaiʻi (Hawaiian)
39	Li p'tit prince	Lidjwès (Liégeois)
40	Li P'tit Prince	Wallon central (d' Nameur)
41	Prispinhu	Lingua berdiánu
42	Lu Principeddhu	Gaddhuresu (Gallurese)
43	Te kleene Prins	Hunsrik (Brasil)
44	El mouné Duc	Beurguignon (Bourguignon)
45	Rey Siñu	Kriyol di Sicor (Kasamansa)
46	Tunkalenmaane	Soninke
47	•–•• / •–••–••–•–••	Morse (Französisch)
48	Lu Principinu	Salentino
49	El Princípén	Pesarese – Bṡarés
50	De kläne Prinz	(Kur-)Pfälzisch
51	De kloine Prinz	Badisch (Südfränkisch)
52	Der kleine Prinz / Le Petit Prince	Deutsch / Französisch
53	De klääne Prins	Westpfälzisch-Saarländisch
54	Èl pètit Prince	Lorrain – Gaumais d'Virton
55	Der kleyner prints / Le Petit Prince	Yidish / Frantseyzish
56	Lè Ptyou Prinso	Savoyard
57	Al Principìn	Mantovano
58	Ʈéɛlény Ʈɔkkwóɽɔny	Koalib (Sudan)
59	Ru Prengeparielle	Molisano
60	The Little Prince	English
61	Ol Principì	Bergamasco
62	De Miki Prins / Le Petit Prince	Uropi / Franci
63	Książę Szaranek	Dialekt Wielkopolski
64	Da Small Pitot Prince	Hawaiʻi Pidgin
65	ⵎⵉⵏ ⵍⴰⵡⵗⵎⵉ ⵍⵣⴰⵎⵓⵎ	Aurebesh (Englisch)
66	Morwakgosi Yo Monnye	Setswana
67	El Little Príncipe	Spanglish
68	Kaniyaan RaajakumaaraH	Sanskrit
69	Er Prinzipito	Andalú
70	Lo Pitit Prinço	Patois Vaudois
71	Li juenes princes	Ancien français
72	De klaan Prìnz / Le Petit Prince	Stroßbùrjerisch / Frànzeesch
73	Igikomangoma mu butayu	Kinyarwanda
74	The Wee Prince	Scots
75	𓂀𓃭𓏏𓅓 / Le Petit Prince	Ancien égyptien / français
76	Le Pice Prinz	Ladin (Val Badia)
77	Der klane Prinz	Wienerisch
78	Lo Pti Prins	Welche
79	Da klayna prints	Varsheva idish
80	Ndoomu Buur Si	Wolof
81	Маленький принц / Le Petit Prince	Русский / français
82	De klä Prinz	Hunsrücker Platt
83	Qakkichchu Laaha	Kambaata
84	Le pëthiòt prince	Guénâ (Bresse louhannaise)
85	Deä klenge Prenz	Öcher Platt (Aachen)
86	Il Pìssul Prìncipe	Furlan ocidentàl (Friaul)
87	Mozais prińcs	Latgališu volūda (Latgalian)
88	Ař Picin Prinsi	Patois tendasque
89	De lüttje Prinz	Oostfreesk Platt
90	Ko e Kiʻi Pilinisiʻ	Lea Faka-Tongaʻ (Tongan)
91	Den lille prins	Synnejysk
92	Pytitel Prēs	Kumanië
93	Der kleine Prinz	Deutsch (Fraktur)
94	El Principe Niño	Zamboangueño Chabacano
95	Kiči Bijćiek	Karaim
96	ᛒᛗ ᚠᚠᛗ ᚾᛗᛏᚠᛏ ᚠᛗᛗᚾᛁᛪᛗ	Anglo-Saxon Runes
97	Tiprins	Kreol Rodrige
98	الأمير الصغير	Arabic (Iraqi Baghdadi dialect)
99	Dr gleene Brinz	Sälchslsch
100	الأمير الصغير / The Little Prince	Arabic (Emirati) / English

»Le Petit Prince« — Edition Tintenfaß

101 הנסיך הקטן / Le Petit Prince	Hébreu / français	
102 Dr kluane Prinz	Südtirolerisch	
103 Lé P'tit Prince	Normand	
104 D'r kléine Prénns	Öüpener (Eupener) Platt	
105 Il Piccolo Principe	Italiano	
106 The Leeter Tunku	Singlish	
107 El Prinzipin	Ladin Anpezan	
108 U Prengepene / Il Piccolo Principe	Frentano / Italiano	
109 Da kloa Prinz	Bairisch	
110 De klaane Prinz	Hessisch	
111 De Kleine Prinsj	Oilsjters	
112 De Klein Prinz / D'r Kläin Prìnz	N'alemannisch / U'elsässisch	
113 De Pety Präingjss	Bolze / Bolz	
114 Dor klaane Prinz	Arzgebirgisch	
115 Yn Prince Beg	Gaelg / Manx	
116 Der kleine Prinz	Deutsch (Gengenbach)	
117 Le P'tit Princ'	Patouaïe d' Nâv' (Navois)	
118 Le Pitit Prince	Patoa de Feurçac (Fursacois)	
119 Prinxhëpi i vogël	Arbërisht	
120 Dr chlei Prinz	Alemannisch	
121 Litli Prinsen	Nynorn	
122 Da kluani Prinz	Hianzisch	
123 De klee Prinz	Vogelsbergerisch	
124 Le P'tit Prince	Drabiaud (Drablésien)	
125 애린 왕자	Gyeongsang-do dialect	
126 De Klaane Prins	Gents	
127 De Klaaine Prins	Brussels Vloms (Bruxellois)	
128 Dai klair prins	Pomerisch / Pomerano (Brasil)	
129 Bulu' alà	Bribri (Costa Rica)	
130 Le P'tit Prince	Patoué de Crôzint (Crozantais)	
131 De lütke Prins	Mönsterländsk Platt	
132 Dr Chlii Prinz	Urnerdeutsch	
133 Elli Amirellu	Mozarabic (Andalutzí)	
134 Ogimaans	Ojibwe	
135 Пичи принц	Удмурт кыл (Udmurt)	
136 Ёзден Жашчыкъ	Къарачай-Малкъар (Balkar)	
137 Lë P'ti Prinss'	Patouè dë Gjuson (Éguzonnais)	
138 Le P'tit Prince	Patouès de G'nouïa (Genouillacois)	
139 De lütte Prinz	Mäkelbörgsch Platt	
140 Вишка инязорнэ	Эрзянь кель (Erzya)	
141 L Picio Principe	Istrioto valef	
142 Le P'tit Prince	Patouaî d'La Châtre	
143 Ичötик принц	Комиöн (Komi)	
144 Le P'ti Prince	Patouè d'Âlou (Allousien)	
145 Dr kleine Prinz	Schwäbisch	
146 ЭДИР ХААН ТАЙЖА	Буряад хэлэн (Buryat)	
147 Der kleine Prinz	Deutsch	
148 Der kleine Prinz op Kölsch	Kölsch	
149 Le P'ti Prinsse	Patoi d'No (Nothois)	
150 ИЗИ ПРИНЦ	Олыкмарла (Olyk-Mari)	
151 Le P'tit Prince	Archignatouès (Archignacois)	
152 Di Likl Prins	Limon Kryol	
153 Te Mali Prïncip	Po näs (Resiano)	
154 에린 왕자	Jeollabuk-do dialect	
155 Ko Le Gä Tama Sau	Fakafutuna (Futunien)	
156 Le P'tit Prince	Patouè daus bounoumes d'Sint-Pièrre	